ぼくらの一歩

30人31脚

いとうみく

絵　イシヤマアズサ

アリス館

ぼくらの一歩　30人31脚

装画　イシヤマアズサ

装丁　bookwall（築地亜希乃）

第1章 Episode 1

悩める救世主 水口萌花

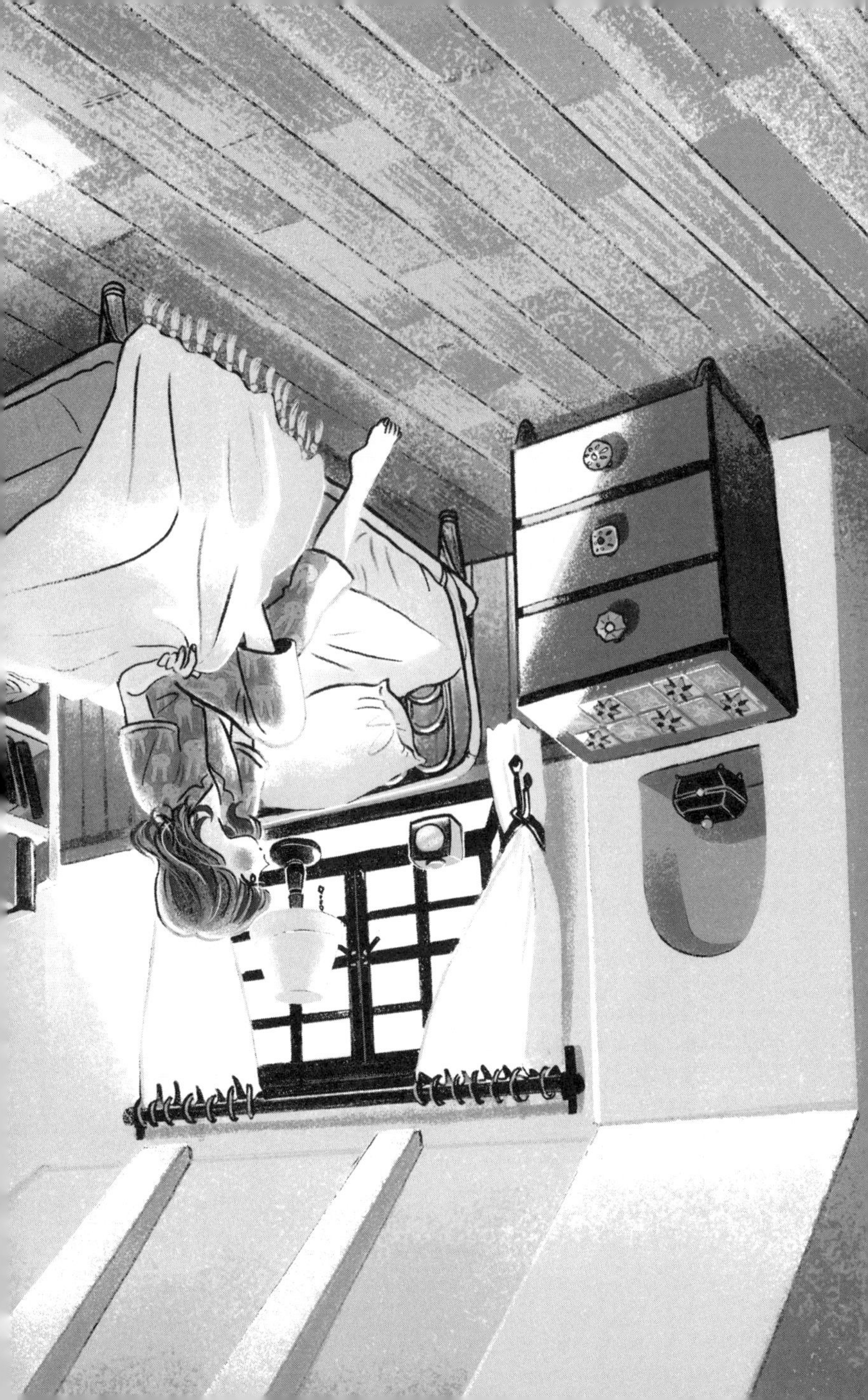

今年の夏、急にパパの転勤《てんきん》が決まった。

小学生になってわたしは、これまで三回転校している。最初は一年生の冬で、二回目は三年生になるとき、三回目は五年生で今度で四回目。

「パパだけ先に行けばいいんだから、卒業までこっちにいてもいいのよ。あと半年なんだし」

ママはそう言ってくれたけど、わたしは「ううん」って言った。理由は、「いっしょに来てくれたら、新しい自転車とケータイを買ってあげる」ってパパが言ったから、っていうのもあるけど、本当は、卒業式までいたって、仲良しの京《きょう》ちゃんとえっことは別の中学に行かなきゃならないから。

卒業式までうじうじした気持ちで通うくらいなら、思い切って転校したほうがいい。それに、まわりに知っている子がだれもいない状態《じょうたい》で中学校生活をスタートするのは、転校するよりずっと不安だし……。

とはいうものの、こんな時期《じき》に転校生が入ってくるなんて、めちゃくちゃ迷惑《めいわく》だよね。友だち、できるかな。

六―一のプレートを見あげて、ため息をついた。

あーだめだめ。友だちができなくたってしょうがないよ。ここでの半年間は、中学校に行くまでのつなぎ。中学校生活をスムーズにスタートさせるための準備期間《じゅんびきかん》なんだから。

「水口《みずぐち》さーん」

先に教室に入った先生が、〝おいでおいで〟と右手を動かした。

担任の山中《やまなか》先生はすごく若くって、先生っていうより大学生のお兄さんみたい。今どきめずらしい熱血先生なのか、さっき校長先生から紹介《しょうかい》されると、わたしの手をがしって握《にぎ》って「ようこそ栗山《くりやま》小学校へ！」ってぶんぶんふった。それからにこにこしながら、「ありがとう、ありがとう」って二度くりかえした。

こういうときは普通《ふつう》、「よろしく」って言うんじゃないかな？　少なくとも、前の三つの学校ではそうだった。だいたい「ありがとう」なんて言われること、わたしなんにもしていないし。

ちょっと困《こま》ってママを見あげたら、ママは目じりをさげて、よかったわねって顔でうなずいた。

「水口《みずぐち》さーん」

小さく息を吸《す》って教室のドアをくぐった。

と、歓声《かんせい》がわいた。

えっ？

「ちゅーもーく」

先生は右手を口の横にあてて言いながら、わたしの肩《かた》に左手をのせた。

「なんと！　六年一組に新しい仲間が増《ふ》えました」

「よっしゃー！」

「やったー」

「すげーミラクルじゃん」

あちこちからもう一回、どかんと歓声があがった。

すごい。

めちゃくちゃウェルカムだ。

転校生ってそんなにめずらしいのかな？

そりゃあここって住所的には一応《いちおう》東京ってなってるけど、すごい田舎《いなか》だもんね。駅前にはファストフードもコンビニもないし、家から一番近いスーパーだって車で十分かかる。高いビルもない。家のまわりにあるのは、田んぼと畑とビニールハウスだ。

うわっ、拍手《はくしゅ》がまだ続いてる。

こんなに喜んでもらえるなんてうれしい。うれしいんだけど……。

「じゃあ自己紹介《じこしょうかい》してもらおうかな」

先生が言うと、教室はようやく静《しず》かになった。みんなの視線《しせん》がわたしにそそがれる。

「み、水口萌花《みずぐちもか》です。よろしくお願いします」

ぽそぽそ言うと、うしろのほうから「聞こえませーん」って、男子の声がした。

わたしは背《せ》も小《ち》っちゃいんだけど、声も気も小さい。

どうしよう、もう一度言ったほうがいいのかな……と、先生を見あげると、先生は黒板のほうを向いて、カツカツカツとチョークの音をさせながら大きな字で、水口萌花と書いて、「ミズグチモカさんだ。よろしくな」って、大きな声で言った。

「じゃあ、あそこに」

先生はそう言って、窓際《まどぎわ》の一番うしろに机を運んだ。となりはちょっと不機嫌《ふきげん》そうな顔をしている男の子だ。

どうも、と会釈《えしゃく》して席に座《すわ》ろうとしたとき、その子がガタンとイスを鳴らして立ちあがった。

うわっ！　座ってるときも大きな男の子だなって思ったけど、思った以上。一七〇センチくらいあるかも。

「せんせー、じゃあ決まりってことでいいっすか？　人数そろったし」

その男の子は、わたしをちらと見て言った。

決まりってなに？　人数そろったって、なんのこと？

「まあ待て待て。ものごとには順序《じゅんじょ》ってもんがあるだろ。まずはきちんと説明してだなぁ」

先生は腕《うで》を組んでうなずくと、「とりあえず授業《じゅぎょう》はじめるぞー」と、国語の教科書を取りだした。

一時間目の授業《じゅぎょう》が終わると同時に、となりの席の男の子がからだを向けた。

なんか、わたしにらまれてる？

思わず視線《しせん》をさげると、男の子はわたしの机《つくえ》の上をぱんと叩《たた》いた。

「やるよな」

「えっ？」

わたしがうつむいたまま首をかしげると、男の子は小さく舌打《したう》ちした。

「だから、30人31脚《きゃく》、やるよな」

〝だから〟って、なに？　わたしなんにも聞いてないんだけど……。

「あの、サンジュウニンサンジュウイッキャクって？」

おそるおそる顔をあげて聞いてみると、男の子はすっと目を細めた。

「……しんねーのかよ」

知らない。

聞いたことない。

それってなに？

ていうか、目がこわい……。

わたしが固まっていると、前に座《すわ》っている女の子がふりかえった。

「克哉《かつや》ってば、説明ヘタすぎ」

そう言うと女の子は「どーも」って、にこっと笑った。

ショートカットのきりっとした感じの美人だ。

「あたし中谷琴海《なかやことみ》、一応このクラスの学級委員長。で、こいつは蒼井《あおい》克哉。30人31脚《きゃく》のキャプテン」

中谷さんはわたしのとなりの席の、目つきの悪い男の子を指差しながら「よろしく」ってピースした。

「よ、よろしく」

「で、いま克哉が言った30人31脚なんだけど、簡単《かんたん》に言うと二人三脚の拡大版《かくだいばん》かな」

「二人三脚」

それって、二人の足を結んで、イッチニ、イッチニってやるあれ？

「ほら、二人三脚《きゃく》って二人で走るでしょ、でもこれは三十人以上がいっしょに走るの。だから30人31脚。通称《つうしょう》、30人」

三十人がいっしょに走る……。

「ムカデ競走《きょうそう》みたいな感じ？」

「おしい！　ムカデは縦《たて》一列でしょ。先頭が一人いて、そのうしろにぞろぞろって。30人は横一列。先頭っていうのはなくて、っていうか全員が先頭ともいえるんだけど。全員横並《なら》びで走るの」

ますますイメージできないでいると、中谷さんはぐいっと身をのりだしてきた。

「その30人31脚の小学生大会が十二月にあるんだけど、水口《みずぐち》さんも出ない？　ねっ」

「で、でもわたし、足遅《おそ》いし。スポーツって苦手で」

「平気平気！　みんな出るんだよ。強制じゃないけど、でも絶対楽しいよ」

ねっ、と中谷さんは頭をかしげながら笑顔を向けた。

そういえばわたし、〝みんなといっしょに〟っていうの、あんまりやったことがない。

クラスみんなでっていえば運動会だけど、わたしは去年《きょねん》、運動会の練習がはじまる一日前に、リビングのテーブルに足をぶつけて小指を骨折《こっせつ》して、練習も運動会当日もずっと見学。クラスのみんなはすごく盛《も》りあがっていたけど、わたしはちっともその輪《わ》のなかに入っていけなかった。

そりゃ、見学しかしていないんだから、あたりまえなんだけど……。

今年こそは頑張《がんば》ろうって思っていたら、突然《とつぜん》のパパの転勤《てんきん》。秋の運動会の前にわたしは転校しちゃったし、こっちの学校は秋じゃなくて春に運動会があったらしいって、ママが言ってた。

運動は苦手だし、徒競走《ときょうそう》に出たってどうせビリだし、運動会に思い入れがあるわけじゃない。ないんだけど、ひとつくらいみんなといっしょに頑張った思い出があったって、わるくない、かな。

「みんなって、クラス全員出るの？」

「うん。クラスっていっても、うちの学校は各学年一クラスしかないから、学年全員ってことになるんだけどね」

学年全員……。

「まだ大会までは三カ月くらいあるし、みんなで練習すれば大丈夫だよ」

そう、だよね。せっかく誘《さそ》ってくれてるんだもん。この学校では半年しか過《す》ごせないけど、これに参加したら、わたしも少しはクラスの子になれるかもしれない。

「それなら、えっと、わたしも」

「よかった！　頑張ろうね」

中谷《なかや》さんがわたしの手をぎゅっと握《にぎ》ったタイミングで、廊下《ろうか》から先生が入ってきた。と思ったら、蒼井《あおい》君が立ちあがった。

「水口萌花《みずぐちもか》、参加するって」

いきなり呼《よ》び捨《す》て……。

蒼井君の声に、「おー」っという声と拍手《はくしゅ》がわいた。

「よしよし、じゃあさっそくエントリーしておくから」

先生は「じゃあこれ」って、マジックテープのついた赤いヒモと、バレーボールの選手が膝《ひざ》に巻《ま》くようなサポーターをさしだして、満面の笑みでうなずいた。

「水口さんは、六年一組の救世主《きゅうせいしゅ》だな」

そんなことを言われたのは初めてだ。あわててかぶりをふると、中谷《なかや》さんがふりかえった。

「本当に水口《みずぐち》さんのおかげ！　あたし、もう完全にあきらめてたんだよねー。だって六年の二学期に転校してくる子なんていると思わないでしょ」

えっ？

「つーか、一人たりねーからってエントリーできないとか、マジありえねーし。ただの地《ち》域《いき》の大会でさ」

蒼井《あおい》君がぼそりと言うと先生が笑った。

「なんにでもルールはあるからな。でもまあこれで問題はクリアだ」

このとき、ようやく気がついた。

みんなが転校生に対して、これほどウェルカムだったわけが。

ただただ、あと一人必要だったんだ。

大会に出るために。

あがりかけたテンションがじりっとさがっていくのを感じながら、ははははって笑った。

わたしは、ぜんぜんわかっていなかった。

30人31脚《きゃく》がどんな競技《きょうぎ》なのかも。

みんなで走るっていうことがどういうことなのかも。

三十人のなかの一人っていう責任《せきにん》も、負担《ふたん》も、苦しさも。


練習は、翌日《よくじつ》からはじまった。

最初にクラス全員、五十メートル走のタイムを計ることになった。本当はわたしだけでよかったんだろうけど、副キャプテンでもある中谷さんが「ひさしぶりだから計ろうよ」って、みんなにも声をかけてくれた。

たぶん、わたしに気を使ってくれたんだと思う。なんだかそういう気づかいって、すっごくうれしい。

わたしは張《は》り切って順番《じゅんばん》を待っていたんだけど、つぎつぎに聞こえるタイムに耳を疑《うたが》った。だって、男子はだいたいみんな八秒台で、女子で九秒台前半。

前の学校でも速い子はいたけど、そろいもそろってこんなに速いなんて信じられなかった。なかでもすごかったのが、蒼井君《あおい》だった。

すっとからだが前に倒《たお》れると、そのまま真っすぐに伸《の》びていく。

速い。ゆれない。無駄《むだ》な動きがない。一歩一歩の幅《はば》が大きくて、伸びがある。

「すごい」

思わずつぶやいたら、中谷《なかや》さんが肩《かた》をちょんとあげた。

「まーまーかな、七秒前半ってとこだね」

「七秒台!?」

と、ゴール付近《ふきん》にいた男子が「七・一三秒！」って声をあげた。

うそでしょ……。

「克哉《かつや》って、走ってるときはかっこいいよね」

中谷さんが苦笑した。

ううん、わたしはかっこいいとは言ってない。

でも、ぞくっとした。たしかにいま、ふるえた。

そうして最後に、わたしの番がきた。校庭のあちこちから視線《しせん》を感じる。

いやだな、緊張《きんちょう》しちゃう。

どくんどくんどくん。

「じゃあいくよー」

ピッ
ホイッスルと同時に地面を蹴《け》った。

得意じゃないけど、速くないけど、思いっきり走った。耳元で風を切る音がする。

たんっ、とゴールラインをこえて、力を抜《ぬ》いた。

息をついてふりかえると、ストップウォッチを持った中谷さんが口を開いた。

「水口《みずぐち》さん、十・九八秒」

「おそっ」

だれかがぼそっと言った。

そうだよ、遅《おそ》いよ。だから遅いって言ったもん。わたしちゃんと言ったよね、遅いって。

いたたまれなさに包まれているわたしに、蒼井君が言った。

「足ひっぱんじゃねーぞ」

まだ暑いはずの九月の校庭に、冷たい空気が流れた。

練習初日で、ソッコー後悔したわたしは、こっそり職員室《しょくいんしつ》へ行った。

「みんなに迷惑《めいわく》をかけるからやめます」

そう言ったら、先生はにこっとした。

「大丈夫、水口《みずぐち》さんは六年一組の福《ふく》の神《かみ》だろ」

救世主《きゅうせいしゅ》の間違《まちが》いだと思います……、わたしは心のなかでそうつぶやいた。ううん、本当は福の神でも救世主でもなくて、疫病神《やくびょうがみ》だ。

やるなんて言わなきゃよかった。

ママのいうとおり、あと半年、卒業式まであっちの学校にいればよかった。

あぁ、もう学校、行きたくない。

練習、したくない。

走りたくないよぉー。

練習は毎日、朝七時半からと昼の二回。これは全員参加で、放課後は自由参加になっている。といっても休めるのは、塾《じゅく》とかおけいこ事とか委員会とか、明確《めいかく》な理由がある場合のみ。それ以外で休むなんてことはありえない。

「水口さんも、塾はじめれば？」

わたしの次にタイムの遅《おそ》い鈴木《すずき》さんが、昨日こそっと言った。わたしの次っていっても鈴木さんは十秒台前半で、わたしよりはずっと速いんだけど。

「あたし、30人なんて最初から反対だったんだよ。走るのなんて好きじゃないし」

「そうなの？」

「そうだよ。ケガするのだって嫌《いや》だし」

うんうん、そうだよね。

わたしは激《はげ》しくうなずいた。このクラスにもわたしと同じことを思っている人がいるんだと思うとうれしかった。

「みんな、すごいやる気なんだと思ってた」

「んーなわけないじゃん。結構《けっこう》いるよ、練習出たくないって言ってる子。朝練だってきついし、眠《ねむ》いしさ」

うんうん。

「でもいまさら、やだとか言ったらひんしゅくもんだし」

そうか、そうだよね、言えないよね。

「一応《いちおう》みんなでやるって決めたわけだしね」

「……」

「だからってさ、中谷《なかや》さんたちみたいなテンションではできないでしょ。水口《みずぐち》さんも塾《じゅく》とか家の用事があるって言って、うまくさぼっちゃえばいいんだよ」

鈴木《すずき》さんは、舌《した》をちらとのぞかせて笑った。

「塾、もし行くならあたし紹介《しょうかい》するから言ってね。じゃ、ばいばーい」

塾かぁ……。

六年生になったときママにすすめられたけど、わたしは「中学生になってからでいいよ」って言って、パパも「そうだよな、萌花《もか》は成績《せいせき》だってそこそこいいんだし、まだいいんじゃないか？」って味方をしてくれた。「いまどきの小学生はみんな塾に行ってるわよ」って、ママはぶつぶつ言ってたけど、それ以上ムリ強《じ》いしてくることはなかった。

いまさら塾《じゅく》に行きたいなんて言えない……。
ああ、なんであのときママの言うことを聞いておかなかったんだろう。いまなら週五日でも六日でも文句《もんく》なんて言わないで塾に通うのに。

ちーちちち
小鳥のさえずりで目を覚ました。カーテンの隙間《すきま》から朝日がさしこんでいる。
ああ、なんだか今日は目覚めがいいな、と目覚まし時計を見て固まった。
七時三十分
えっ、うそ。
朝練、はじまってる！
走るの遅《おそ》いうえに練習もさぼっちゃうって……。
ない、ないないない。
がばっと飛び起きる。
「ママー！　なんで起こしてくれなかったの！」

声をはりあげながら、パジャマを脱《ぬ》ぎ散らかして服に着がえ、転げ落ちそうになりながら階段《かいだん》をおりた。

どーしよ、どーしよ、どーしよう！

「萌花《もか》ちゃん、朝ごはん食べていきなさいよー」

「時間ない！」

とりあえず顔を洗《あら》って歯磨《はみが》きをして、寝癖《ねぐせ》は直す時間がないからあきらめた。

「大丈夫よ、一日くらい。それよりごはん」

「ムリー！　行ってきます！」

と、家を飛びだした。

ママはなんにもわかってない。

わたし、クラスで断《だん》トツ遅《おそ》いんだよ、みんなの足、ひっぱりまくってるんだよ！

もおー！

学校まで駆《か》けていったけど、通用門を入ったときには、もうハードルの片《かた》づけがはじまっていた。

せめてこれくらいは手伝わなきゃ……。

ランドセルを体育倉庫の横におろしていると、なかから益子《ますこ》君と杉本《すぎもと》君と中谷《なかや》さんが出てきた。

「やっぱゲーインって、水口《みずぐち》さんだよなぁ」

「だよなー」

「やめなよ、そんなこと言ってもしょうがないでしょ。水口さんがいなかったら、大会自体出られないんだよ」

「そりゃそうだけど、今日のタイム聞いただろ、九・五七秒だぜ。いつもは十二秒台じゃん」

九・五七秒!?

すごい……。

わたし一人がいないだけで、そんなにいいタイムが出るなんて。

「だよなー」

「まあね」

中谷《なかや》さんが肩《かた》をあげて苦笑した。

みんなに迷惑《めいわく》をかけていることはわかってる。わかってたつもりだった。だけどそんなに……。

出ていけなかった。

こういうことって面と向かって言われるより、よっぽど応《こた》える。

目の奥《おく》から涙《なみだ》がこみあげてくる。のどの奥が熱い。

泣いちゃだめ。だめだ。

「水口《みずぐち》？」

ふりかえると、蒼井《あおい》君が立っていた。

あわてて顔をこすると蒼井君の眉毛《まゆげ》がぴくっと動いた。それからいつもみたいにちょっと怒《おこ》った顔をして目を細めた。

「おっせーよ」

「ご、ごめん」

「朝練は貴重《きちょう》だって、わかってんだろ」

わかってる。

校庭を占領《せんりょう》できるのは朝の練習だけ。体育館は全員で五十メートルを走れるほど大きくないから、朝の練習はすごく大事なんだって、わかってるけど。

「寝坊《ねぼう》しちゃって」

小声で言うと、蒼井君はため息をついた。

「おまえさ、自分の立場わかってんの？」

「う、うん」

そんなこと、十分すぎるほどわかってる。転校してきて一カ月半。痛《いた》いほど感じてる。わたしはクラスで一番、断《だん》トツで足が遅《おそ》くて、みんなの足をひっぱってる。だから、だれよりも練習しなきゃダメだって。

「ごめんなさい」

「あやまるくらいならやれよ」

「うん。ごめ……、がんばる」

ちっ、蒼井君が舌打《したう》ちをしたとき、「いい加減《かげん》にしなよ」って声がした。

中谷《なかや》さん。

「なんだよ」

「だから、いい加減《かげん》にしなって言ってんの」

中谷さんはわたしをかばうみたいに、蒼井君《あおい》とわたしのあいだにすっとからだをいれて、蒼井君を見た。

中学生みたいに背《せ》の高い蒼井君を相手にしても、中谷さんはぜんぜんおどおどしない。

「だれだって寝坊《ねぼう》くらいするときあるじゃん」

「ない。てか、だれが練習さぼっても、水口《みずぐち》にはそんな権利《けんり》ない」

「それ言いすぎ。べつに水口さんだって好きで遅《おそ》いわけじゃないんだからさ。あたしだって水口さんが適当《てきとう》にやってるなら文句《もんく》だって言うよ。でも頑張《がんば》ってるじゃん」

ほらって、わたしの手をつかんだ。

手のひらに、転んだときについたすり傷《きず》のあとが残ってる。

「中谷さん……」

「こんなになっても、やめるって言わないでやってくれてるんだよ」

「だからなんだよ」

蒼井君が目を細めた。

「水口さんは一生懸命《いっしょうけんめい》やってるってこと。そのくらいわかるでしょ、克哉《かつや》はキャプテンなんだからさ。みんなをひっぱっていくだけじゃなくて、フォローするのもキャプテンの仕事だって、先生言ってたじゃん」

うれしかった。そんなふうにわたしを見てくれていたなんて、うれしくて胸《むね》の奥《おく》がぐっと熱くなって、また泣きそうになった。

「わたし、頑張《がんば》る！」

手のひらをぎゅっと握《にぎ》って顔をあげたわたしに、蒼井君はひとこと言った。

「あたりまえなんだよ、頑張るのは」

あんたってさぁ……と中谷さんは蒼井君を見てため息をついた。

「大会まであと一カ月半しかないんだかんな」

「う、うん」

一カ月半。蒼井君にとって一カ月半は〝しか〟なのかもしれないけど、わたしにとっては途方《とほう》もなく、長くて遠い。

「昼練から死ぬ気でやれよ」

「じゃあ、食い終わったらいつもどおり、それぞれ校庭十周と五分間のなわとび。それが終わったら体育館に集合」

蒼井《あおい》君はそう言って席を立ち、みんなはいっせいに給食を食べはじめた。

二週間前までは班《はん》ごとに机《つくえ》をくっつけておしゃべりしたり、校内放送を聞いたりしていたけど、大会が近づいてからは、机も動かさず、ほとんどおしゃべりもしないで黙々《もくもく》と食べる。

大会で勝つためには少しでもたくさん練習しなきゃならないから、給食の時間だって無駄《むだ》にできない。

ママにちょっとグチを言ったら、「食休みもしないで運動をさせるなんてひどいじゃない。食事はゆっくり食べないと消化にだって悪いのよ」って言いだした。

ママの意見に賛成《さんせい》、大賛成。わたしはみんなとおしゃべりをしながら食べるほうが好きだし、ごはんはゆっくり食べたい。だけど、このままだとママは本気で学校に文句を言いに行きかねない。そんなことをしたら、絶対《ぜったい》、みんなひく。

わたしはあわてて首をふった。

「大会が終わるまでだよ。それに食べ終わってすぐってわけじゃないもん。ちゃんと食休みしてるから大丈夫。練習楽しいし！」

って、ピースした。

「それならいいけど……」

ママはわたしの顔を見て、ちょっと不満そうな顔をした。


「水口《みずぐち》さん、水口さんってばどうかしたの？」

名前を呼《よ》ばれてはっとすると、中谷《なかや》さんが座《すわ》ったままわたしのほうを向いていた。

「えっ？　ああうん、なんでもない」

あわててポテトサラダを口に入れると、中谷さんは口角《こうかく》をあげた。

「朝のことなら気にしないほうがいいよ。克哉《かつや》って言いかたきついんだよね。でも悪いやつじゃないから」

そう言いながら、ちぎったコッペパンを口に入れた。

「30人はさ、みんなでできる最後だし、特別なんだよね」

「あとちょっとで卒業だもんね」

転校生のわたしには、そういうセンチメンタルな感情《かんじょう》ってピンとこないんだけど。

「克哉《かつや》はなおさらかな」

「どうして？」

「だって、卒業式が終わったら和歌山《わかやま》にひっこしちゃうでしょ」

「……えっ？」

「知らなかった？」

わたしがかぶりをふると、中谷《なかや》さんはコッペパンの最後の一口を口に入れて牛乳《ぎゅうにゅう》をちゅっとやった。

「そういえば二学期になってから、その話してないか」

中谷さんがぼそりと言うと、中谷さんのとなりの席の門井《かどい》君がふりかえった。

「しんみりすんのが嫌《いや》なんだろ。克哉に言うなよ」

「わかってるよ。ね、水口《みずぐち》さんも」

わたしは黙《だま》ってうなずいた。

「そういや、克哉どこ行ったの？」

門井君は、蒼井《あおい》君の机《つくえ》にのっている、まったく手をつけていない給食を見て言った。

「知らなーい」

水口さんは？　というように門井君が視線《しせん》を向けた。ううんと首をふると、教室の前のドアから蒼井君が入ってきた。

「どこ行ってたんだよ。オレもう食い終わったから先に行ってるぞ」

トレーを持って立ちあがった門井君に、

「わりー、山《やま》センと練習メニューの話してた。オレもすぐ食って行くから」

蒼井君は門井君に手をあわせて顔をくしゃっとした。

あ、笑った。

ぼーっと見あげていたら目があった。

「うわっ、おまえ食うのもおそっ、ほどんど残ってんじゃん」

「な、なんでもない」

「なんだよ」

わたしはあわてて肉豆腐《にくどうふ》を口に運んだ。


校庭に出ると、校庭のまわりを六年生十四、五人が走っていて、鉄棒《てつぼう》の前で女子数人がなわとびをはじめていた。門井《かどい》君たち男子七人は、もうなわとびをはじめていた。

アキレス腱《けん》を伸《の》ばしている。昼練は体力づくりがメイン。それぞれに校庭十周となわとびをして、体育館に集合することになっている。走ることは体力作りに欠かせないし、なわとびはリズム感につながるんだって。それが終わると体育館に移動《いどう》して、集まった人から三人でも五人でもグループになって、足ひもを巻《ま》いて走る練習をする。

わたしは花壇《かだん》の横で、屈伸《くっしん》をはじめた。

——練習前はしっかり準備《じゅんび》運動をすること。一人でもケガをして出場できなくなったら、うちは棄権《きけん》しなきゃならないからね。

先生がわたしに最初に言ったことだ。先生は朝練のときは、タイムを計ったり、スタートの合図出しをしたりするけれど、昼練や夕練はほとんど口を出さない。ときどきふらっとやってくることがあっても、キャプテンの蒼井《あおい》君にひとことなにか言うくらいですぐに職員室にもどる。そんな先生が最初から何度も何度もくりかえし言っているのが、準備《じゅんび》運動とケガのこと。

わたしはいつも、軽くアキレス腱《けん》を伸《の》ばすくらいで走ってたけど、練習していくうちに、だんだん先生の言っていることがわかるようになった。

運動会でもなんでも、ケガをして参加できなくなるのは自分だけだけど、これはちがう。とくに三十人ぴったりしかいないこのチームは、一人でも欠けたら出場できなくなる。一人のケガは三十人全員につながっていく。それって、すごくこわいことだ。

足首を回して、膝《ひざ》とアキレス腱をしっかり伸ばした。

よし、完ぺき。

軽く地面を蹴《け》った。

ぱたぱたぱたぱた

ぱたぱたぱたぱた

転校してきてから一カ月半。最初のころは十周走るだけでもぐったりだったけど、いまは自分のペースでなら十周走っても苦しくなくなった。そのあとのなわとびだって、きっちり五分間クリアできるようになった。

体力、ついてきたんだ。

わたしなりに成長してる。

そんな風に思って気持ちよく走っていたら、正面から蒼井《あおい》君がこわい顔をして向かってきた。

うわっ、わたしなにかした？

思わず足を止めてからだを固くすると、「とまるなよ」ってどなってきた。あわてて足を動かす。

蒼井君はわたしの横に並《なら》んで走りはじめた。

「ペース」

「えっ？」

「少しペースあげてみろよ」

「ム、ムリ」

ようやくこのペースでなら疲《つか》れないで走れるようになったんだよ。それに、このあとなわとびだってあるし。

「これで十周走っても、きつくもなんともないだろ」

「え、うん！　そう！　このごろ、きつくなくなってきたの」

思わずうれしくなって言ったら、蒼井君がキッとにらんだ。

「えっ？」

「ばか、もっと追いこめよ。汗《あせ》かけよ！　なにが、きつくなくなってきたの、だよ。そんな練習しかしてないからいつまでも遅《おそ》いんだろーが」

びっくりした。

「きつくなきゃだめなの？」

「おまえってマジでわかってねーよな。スポーツ選手見てみろよ。どんなにすげー選手でも練習ではくたくたになってんだろ」

「そうなの？」

スポーツなんてするのも見るのも興味《きょうみ》がないから、そんなことぜんぜん知らない。

「汗《あせ》もかかないで、疲《つか》れもしないで楽しく練習してるって、それあそびだろ」

たしかに。

「いまからこのペースで走れよ」

蒼井《あおい》君がすっと前に出て、わたしはひきはなされた。

「いきなり遅《おく》れんな」

ふりかえった蒼井君がこわくて、わたしは足を速めた。

「よし、このままスピード落とすなよ。足あげろ！　ピッチあげろ！」

「は、はい！」

校庭十周。ゴールしたとき、わたしは真っすぐになんて立っていられなくて、膝《ひざ》に手をついた。

息が苦しい。

肩《かた》で息をしていると、ぽたぽたと汗《あせ》がこぼれて、地面に黒いしみをつけた。

汗？　十月に？

「よし、つぎなわとび」

そんなのムリに決まってるのに、蒼井君は「んっ」となわを押《お》しつけてくる。

「ム、ムリ」

「ムリしろよ」

オニっ！

仁王《におう》立ちして腕《うで》を組んでいる蒼井君の前で、しかたなくぴょこんぴょこんと跳《と》びはじめると、体育館から益子《ますこ》君がかけてきた。

「克哉《かつや》ー、練習はじめないと時間なくなるけどー」

蒼井君は校舎《こうしゃ》の壁《かべ》についている時計を見あげて、「ああ」とうなずきながらわたしを見た。

「とまるなよ」

ぴょこん　ぴょこん　ぴょこん
返事なんてできるゆとりはないから、なわとびをしながら二度うなずいた。

「水口《みずぐち》さん、なにやってるの？」

「見りゃわかるだろ、なわとび。こいつしばらく別メニューにするから」

別メニュー？　なにそれ、聞いてないよ……。

思わず足を止めると、舌打《したう》ちしながらにらまれた。あわててなわを回したら、なわが足にからまった。

「続けろよ」

「わかってる」

ぴょこん　ぴょこん　ぴょこん
「わりーけど、オレ、水口を特訓《とっくん》しなきゃいけないから、練習やっといて」

益子《ますこ》君はわたしと蒼井《あおい》君を交互《こうご》に見て肩《かた》をあげた。

「それはいいけど……。な、そんなことして速くなんの？」

蒼井君はちょんと首をかしげた。

って、そこは「ある」って力強く言うとこでしょ!?

「けど、やらないよりはマシだとは思う」

マシって。

「ならオレら、いつも通り練習しとく」

益子君は右手を軽くあげて体育館にもどっていった。

「よしストップ」

終わったー、わたしはへなへなと地面にお尻《しり》をついて息をした。

いつもと同じ距離《きょり》を走って、同じ時間なわとびをしたのに、ぜんぜん疲《つか》れかたがちがう。

一カ月半も頑張《がんば》って、すごく体力もついてきたと思ったのに、ぜんぜんだめ。やっぱりわたしにはムリなんだ。

「あと一分休んだら、もう一回走るからな」

「えぇぇぇぇぇー！　そんなの」

「ムリじゃねーから」

「ムリだよぉ」

涙声《なみだごえ》で訴《うった》えたわたしに蒼井《あおい》君は顔色ひとつかえずに言った。

「ならムリしろよ」


その晩《ばん》、わたしはごはんを食べると、お風呂《ふろ》にも入らないでこんこんと眠《ねむ》った。とにかくたっぷり寝《ね》たおかげで、朝は六時きっかりに目が覚めた。

ベッドのなかで、うーんと伸《の》びをしようとして、思わず声をあげた。

痛《いた》い、おなかも、腕《うで》も、足も、すごく痛い。

もしかして筋肉痛《きんにくつう》？　でも、こんなに痛い筋肉痛ってあるの？

少しからだを動かすだけで、ぎしぎし痛い。

どうしよう……。

なるべく力を入れないように、ベッドからすべりおりるようにして起きあがった。

そろそろとカーテンを開けると、白い朝陽《あさひ》が静《しず》かに差していた。窓《まど》を開けると思ったより空気が冷たい。大きく息を吸《す》いこんで、ぎょっとした。

玄関《げんかん》の前に蒼井君が立っている。

「なんで」

「早くしろよー」

「なんで？　なんでそこにいるの？」

「朝練。昨日の帰りに言っただろ」

言ってたっけ？　ぜんぜん覚えてない。

「グズグズすんなよ」

「ちょ、ちょっと待ってて」

わたしはなにがなんだかわからないまま、服を着がえて、手すりにしがみつきながら階《かい》段《だん》をおりた。からだがぎしぎしして、ロボットみたいだ。

寝室《しんしつ》から眠《ねむ》たそうな顔をして出てきたママに、「朝練行ってくる」と言って玄関《げんかん》を開けると、蒼井君が腕《うで》を回していた。

「お、はよぉ」

「おっせーよ。五時四十五分からはじめるって言っただろ」

「へっ、いつ？」

わたしが言うと、蒼井君《あおい》は目を細めた。

「そんなことだろうと思ったから迎《むか》えにきた。おまえ、昨日オレが言ったとき、やけに素《す》直《なお》にうなずいてたから。聞いてなかったんだろ、オレの話」

そういえば夕練のあとで、蒼井君がなにか言っていたような気が、しないでもない。

とにかく昼練にひき続き夕練でも走らされるし、ももあげとか、腹筋《ふっきん》とか、なわとびとかさんざんやらされてぐったりだったんだもん。

昨日は十一年間のわたしの人生のなかで、間違《まちが》いなく一番運動した一日だった。

「そんじゃあ、今日はとりあえず二キロ走って、って、水口《みずぐち》そのかっこうで走るわけ？」

「へっ？」

わたしは自分の着ている服を見おろした。パーカーにショートパンツ。蒼井君は黒地に赤いラインの入ったジャージを着てる。

「ダメ？」

「ダメってことはないけど、まあ一応《いちおう》、スニーカーは履《は》いてるし」

「うん。じゃあこれで。ジャージとか持ってないし、体育着は学校だし」

「あっそ」

蒼井君が足首を回しはじめたとき、玄関《げんかん》からママが出てきた。

「朝から熱心ねー」

「おはようございます」

蒼井君はママに向かって、すっと頭を下げた。

「あら、男の子？」

「同じクラスの蒼井です。水口さんに走りかた教えてくれって頼《たの》まれて」

うそっ！

そんなこと頼んでない！

ぎょっとしているわたしを尻目《しりめ》に、ママはにこにこ笑って蒼井君と話をしている。

「この子、幼稚園《ようちえん》のころからかけっこが遅《おそ》くて。いろいろ教えてやってね」

「はい」

蒼井君がちらとわたしを見た。

「マ、ママ、練習してくるから」

「学校に遅《おく》れないように早めにもどるのよ」

「三十分くらいでもどります。失礼します」

蒼井《あおい》君はもう一回ママにお辞儀《じぎ》をして、「水口《みずぐち》さん、行こう」って、ゆっくり走りだした。

こんなやさしそうな蒼井君、見たことない。

「い、行ってきます」

わたしはあわてて蒼井君を追いかけた。

二つ目の角を曲がった先にある空き地で、蒼井君は足を止めてふりかえった。

「びびったー。いきなりおまえのかーちゃん出てくるし。つーか、その動きなんだよ」

「き、筋肉痛《きんにくつう》みたい」

「ふーん、まあいいや」

そう言って、ここでいいか、と空き地でゆっくり屈伸《くっしん》をはじめた。わたしも、いたた、いたって言いながらなんとか屈伸をはじめる。と、蒼井君はからだを動かしながらわたしを見た。

「かかと浮《う》かすなよ」

「へっ？」

「かかと。屈伸《くっしん》のとき、かかとが浮《う》いてんだよ」

「あ、ほんとだ」

「ゆっくりでいいから、あげないでやってみ」

「うん」

数回屈伸をくりかえすと、蒼井君は膝《ひざ》に手をあてて大きく左、右と回してから、左足を外に出して伸脚《しんきゃく》をした。わたしもまねをしてみると、「つまさき、ちゃんと上に向けろよ」って言ってくる。それから片《かた》足を前に出してまげて、うしろ足のふくらはぎとアキレス腱《けん》を伸《の》ばしていると、「両足ともつま先は真っすぐ前」とか、いちいち注意してきた。

準備《じゅんび》運動を注意されるってちょっと微妙《びみょう》。だけど、言われた通りやってみると、たしかに今まで使っていなかったところが動いたり伸びたりしている気がする。

そのあとも蒼井君がやるように、腰《こし》、肩《かた》と軽く回して、最後に足首を回した。

準備運動をしただけで、冷えていたからだがぽかぽかしてきた。

「よし、じゃあ行くぞ」

蒼井君《あおい》がすっと駆《か》けだした。そのうしろを追いかけながらわたしはどきっとした。

走ってる蒼井君のうしろ姿《すがた》は、すごくきれい。頭が横にゆれたりからだが上下することがなくて、無駄《むだ》がない。一定のリズムで前へ前へと進んでいく。

それに、背中《せなか》が楽しそう。

走るなんて苦しいだけなのに、なんでだろう。

「ちゃんとついてこいよ」

信号の手前で蒼井君が足踏《あしぶ》みをして、ふりかえった。

「だ、だって速すぎるもん、ついていけるわけ、ないよっ」

追いついたところで息を切らして文句《もんく》を言うと、蒼井君はふんと鼻を鳴らした。

「ついてこれないペースで走ってねーし。これ、昨日の昼練の最後に走ったときと同じペースだかんな」

「本当に？」

「なんでオレがうそつくんだよ」

それはそうだけど。

蒼井君が行くぞ、と走りだした。

「足あげろよ」

「うん」

「それから目線。進むほうをちゃんと見て」

たったたったたっ

ぱたぱたぱたぱたぱた

「かかとからつかないで、足の裏《うら》全体を地面につけてみな」

足の裏全体？　っていうか蒼井君、前を走っているのになんでわかるんだろう。わたしの走りかたなんて見てないのに。

もしかして、うしろに目がついてるとか？　ってそんなことあるわけないか。

「集中して走れよ」

蒼井君がふりかえった。

「なんで!?　なんで全部わかっちゃうの!?」

わたしが言うと、蒼井君《あおい》は「音」って言ってまた前を向いた。

音？　音って、そんなのでわかっちゃうの？

畑を抜《ぬ》けて、川沿《ぞ》いの道を真っすぐ走る。橋を渡《わた》って折りかえして学校のそばの公園まできたところで、蒼井君は足をゆるめた。

「このコースがだいたい二キロ」

わたしはぜこぜこ肩《かた》で息をしながら、膝《ひざ》に手をあてた。もう、ダメ。

とにかく早く家にもどって、登校時間まで休まないと……。

「じゃあ」と、よろよろと立ち去ろうとしたわたしに、蒼井君が言った。

「クラスの朝練、遅《おく》れんなよ」

そーんなぁぁぁぁぁぁ。


それからわたしは毎朝、蒼井君と二キロ走ってから、クラスの朝練に出た。といってもクラスの練習は、わたしは完全に別メニュー。直線歩行っていって、ラインの上を真っすぐに歩く練習を五十メートル×四本、なわとび、スタート練習五本。それをみんなが走っている横で淡々《たんたん》とくりかえした。

中谷《なかや》さんや女子の数人が、「かわいそう」って蒼井君に抗議《こうぎ》してくれたけど、正直言ってわたしはこのほうが気が楽だった。

だって、みんなと練習していっしょに走っても、わたしに合わせようとしたら絶対《ぜったい》にいいタイムなんて出ないし、走り終わったあともみんな完ぺき消化不良って顔をしてる。で、少しみんなのペースにしようとしたら、わたしがついていけなくて途中《とちゅう》で転倒《てんとう》しちゃう。

練習とはいえ、毎回そういう状況《じょうきょう》になるっていうのはけっこうつらい。だったら別メニューで参加したほうがいい。それで、できることならわたし抜《ぬ》きで大会に……。

そうだ、そうだよ！　エントリーはしているんだもん、当日は一人くらいいなくたってきっと大目に見てくれるよ！

特訓《とっくん》がはじまって二週間が過《す》ぎた金曜日の朝、わたしがちょうどなわとびを終えたとき、先生の声が響《ひび》いた。

「九・四〇秒！」

一瞬《いっしゅん》、間《ま》があって、ワーッと歓声《かんせい》があがった。

「すごい！」

すごいすごい！　みんなすごいよ！

興奮《こうふん》して夢中《むちゅう》で手を叩《たた》いていると、蒼井《あおい》君がずんずん歩いてきた。

えっ？　顔がこわい。怒《おこ》ってるの？　なんで？

わたしがぽけっとしていると、蒼井君がチッと舌打《したう》ちした。

「すごいってなんだよ」

「だって、」

蒼井君がなんで怒っているのかわからない。

「なに他人事みたいなこと言ってんだよ」

それから、みんなのほうをふりかえって、とんでもないことを言いだした。

「ラスト一本！　水口《みずぐち》も入れて全員でいくぞ」

蒼井君の声に、校庭がしんとした。そんなことはお構《かま》いなしに、蒼井君がもう一度、「いくぞー」って言うと、ぱらぱらと「おー」って声があがった。

うそ……。

わたし十・九八秒なんだよ、現実《げんじつ》見てよ。ぜったいムリ、ムリだってば。

「水口さん」

中谷《なかや》さんがわたしの手をつかんだ。ひっぱられるまま中谷さんともう一人の学級委員長の竹野《たけの》君の間《あいだ》に入った。

じわっと汗《あせ》がにじむ。

右足を中谷さんと、左足を竹野君と結んで手を腰《こし》に回すと、竹野君がちらとわたしを見た。

「寒いの？」

ううん、と頭をふると「ふーん」と言って前を見た。なんでそんなことを聞くんだろう、と思って気がついた。

わたし、ふるえてる。

寒いからじゃない。背中《せなか》にうっすら汗をかいているくらいだもん。

ふるえてるのは、こわいから。

ピピーッ

山中《やまなか》先生の吹《ふ》くホイッスルに全員前を向いた。

「じゃあ全員で気持ちをあわせていこう。イチニツイテ、ヨーイ」

ピッ！

だっ、と三十人が同時に前へ飛びだす。

「イチニイサンシゴーロクシチハチ！」

かけ声にあわせて真っすぐ真っすぐ、三十人が一枚《まい》の壁《かべ》になってゴールを目指す。

足を動かす。

もっともっと、もっと速く、速く、速く！

あっ、右足がひっぱられる。左足がもたつく……。

わずかに遅《おく》れたと思った次の瞬間《しゅんかん》、ピピーッと転倒《てんとう》を知らせるホイッスルが鳴った。同時にわたしは、中谷《なかや》さんと竹野《たけの》君を道連れにして転んだ。

「いたっ」

となりで中谷さんが手のひらを見て顔をしかめた。

「ごめん、中谷さんごめんね」

ううん、と中谷さんは笑顔で足ひもをはずした。

「しょうがないって、水口《みずぐち》さんひさしぶりだったんだし」

「本当にごめんね」

「いいっていいって、次、がんばろ」

そう言ってわたしの肩《かた》をぽんとしてから、「ねっ」と竹野君に言った。竹野君は「まあ、うん」と不満そうに唇《くちびる》をつきだしてうなずき、女子の数人が「ドンマイ」って言ってくれた。それから鈴木《すずき》さんは黙《だま》ってわたしの手をひいてくれた。

みんなやさしい。

やさしいから余計《よけい》につらい。

みんな、転校生が来たって喜んでくれたのに、わたしがもう少し、もうちょっとだけでも速く走れたら。

鼻《はな》の奥《おく》がつんとする。どうしよ、泣きそう……。

「水口《みずぐち》！」

顔をあげると、蒼井《あおい》君がいた。

「なにやってんだよ。足あげろって言っただろ。ちゃんとゴール見て走ったのかよ！」

「ごめん……」

「いちいちあやまんじゃねーよ。あやまるヒマあんなら練習しろよ。〇・一秒でも速く走れるようにしろよ」

やっぱり、やっぱり蒼井君はこうなんだ。

やさしくされるほうがつらいなんて思ったけど、実際《じっさい》せめられると、すっごくつらい。

わたしだってわかってる。こんなふうにあやまったり、ぐちぐち考えているヒマがあったら練習したほうがいいって。練習して〇・一秒でも速くなって、みんなの足をひっぱらないようにしなきゃって。

「わかってるよ……。蒼井君に言われなくたって、そんなこと。わたしがみんなに迷惑《めいわく》かけてるってことくらいわかってるもん」

「はっ？」

ことばにしたら、ものすごく悲しくなって、悔《くや》しくて、無性《むしょう》に腹《はら》が立ってきた。

「おまえなに言ってんの？」

「わ、わたしだって、みんなの足手まといになんてなりたくないよ。少しでも速く走りたいって思ってる。みんなといっしょにゴールだってしたい。転校してきたばっかりだけど、わたしだって、このクラスの思い出、ちゃんと作りたいよ。だから、だから頑張《がんば》ったんだよ！　毎日すっごく頑張ったもん」

「オレはそんなこと」

「蒼井君には、わからないんだよ！　足の速い人にノロい人の気持ちなんて。頑張ったって急に速くなるわけないじゃん。わたしは蒼井君とは違《ちが》うの！　どんなに頑張ったって、練習したって、速くなんてなれないの！　ムリなの!!」

一気にまくしたててから、はっとした。

蒼井《あおい》君の向こう側で、みんながこっちを見てる。

ほっぺが、かっと熱くなった。

こんなこと、言うつもりなかった……。

蒼井君は毎日わたしの練習につきあってくれたのに。朝早くから毎日毎日、なのに、なのに。

本当はわたし、ショックだったんだ。もしかしたら少しは速く走れるようになったんじゃないかって思ってた。ムリって言いながら、わたしはどこかでわたし自身に期待してた。だから悔《くや》しかった。みんなにやさしくなぐさめられてる自分が情《なさ》けなくって、わたしは自分のことがかわいそうになって、みじめになって。なのに、そんなときに蒼井君にきついことを言われたから……。

でも、これってただの逆《ぎゃく》ギレだ。

唇《くちびる》を嚙《か》んでうつむいた。

「水口《みずぐち》、おまえさ」

「克哉《かつや》！　もうやめなよ。水口さんの気持ち、少しはわかってやりなよ」

中谷《なかや》さんが大股《おおまた》でこっちに歩いてきた。

「中谷は黙《だま》ってろよ」

「なんであたしが黙らないといけないの？　そんなにむきになることないでしょ。水口《みずぐち》さんが来てくれなかったら、大会にだって出られなかったんだよ」

「そうだよ、みんながみんな、蒼井君みたいにはできないよ。あたしだってもうやだ」

鈴木《すずき》さんが言うと、中谷さんがはっとした顔をした。

「ぼくだって走るの好きじゃないし」

「え、ちょっと待ってよ、林《はやし》君まで」

中谷さんが蒼井君を見た。

蒼井君ののどが、ぐっと鳴った。

「オレは」

「待ってよ、30人やるってみんなで決めたんでしょ。いまさら」

「いまさらじゃないよ。こんなに練習が大変なんて言ってなかったじゃん」

鈴木さんのまわりで何人かが目くばせしている。

「あたしは！」

中谷《なかや》さんは顔をあげた。

「あたしは、大会には出られないんだって思ってた。あきらめてた。でも水口《みずぐち》さんのおかげで出られるんだよ。みんなだってそれで頑張《がんば》ってきたんじゃないの？　すーちゃんだって嫌《いや》だって言いながら練習続けてきたじゃん。あたし……、ただみんなと、大会に出たい」

鈴木《すずき》さんが唇《くちびる》を噛《か》んで小さくうなずくのをぽけっとしながら見つめていたら、蒼井《あおい》君がわたしの手をつかんで歩きだした。

「な、なに？」

「走る」

蒼井君はスタートラインまで行くと、腰《こし》にひっかけていた足ひもを抜《ぬ》いて、わたしの右足と蒼井君の左足を結んだ。

「あの、どういう？」

意味がわからない。

「中谷！　タイム」

「タイム？」

「タイムとって！」

中谷さんは踵《きびす》をかえして、朝礼台の前でうろうろしている先生からストップウォッチをあずかると、ゴールへ向かった。

唖然《あぜん》としていると、「腕《うで》」と言われた。

「あ、うん。じゃなくて、これって？」

わたしの肩《かた》に蒼井君の腕が回った。あわててわたしは蒼井君の腰《こし》に手を回して、「あの」と見あげると、蒼井君は真っすぐ前を向いたまま言った。

「水口、ちゃんとゴール見て、足あげろよ」

「う、うん」

「おまえ走れっから」

えっ？　もう一度、蒼井君を見あげる。

「スピードになれろ」

わたしの肩に置いた蒼井君の指先に力がこもる。

ゴールを見たまま、蒼井君《あおい》がすーっと息を吸《す》った。

「中谷《なかや》ー」

中谷さんは戸惑《とまど》ったようにわたしたちを見て、ストップウォッチを持った手を胸《むね》の位置にあげた。

「イチニツイテ」

中谷さんの声に、すっと左足をひく。

どくん

前を見る。

「ヨーイ」

どくんどくん

「ドン」

ぐんっ！　からだが前に出た。

たったったったっ

たったったったっ

すごい、すごいすごいすごい。
からだが、足が、ぐんぐんゴールへ向かっていく。
風を切る。
蒼井君の左足にひっぱられてわたしの足も前へ出る。動く。
地面を蹴《け》る、足をあげる、走る。
走る走る走る。
気持ちがいい！
ゴールラインを踏《ふ》んだ。
「うそ、すごい！」
中谷さんの声が聞こえた。
わたしと蒼井君はゴールラインを数メートル越《こ》えたところで止まった。
「九・五〇秒！」

中谷《なかや》さんがストップウォッチをふりあげた。

九・五〇

「走れただろ」

息も切らさずに蒼井《あおい》君はそう言うと、足ひもを外して校舎《こうしゃ》のほうへ歩いていった。

蒼井君……。

「水口《みずぐち》さんすごいすごい！」

鈴木《すずき》さんたちがわたしのところへ駆《か》けてきた。

翌朝《よくあさ》、わたしはいつもより早く待ちあわせの公園についた。屈伸《くっしん》をして、アキレス腱《けん》とふくらはぎを伸《の》ばして、準備《じゅんび》運動も手を抜《ぬ》かずにやる。

ずっと走ることは苦手だった。幼稚園《ようちえん》のころから、運動会の徒競走《ときょうそう》ではいつもビリだった。だけど走るのが遅《おそ》いことなんて、コンプレックスにもならなかった。運動会を嫌《いや》だって思ったことも、休みたいって思ったこともないし、それなりに楽しみにだってしていた。だって、ママもパパもいつも「よく頑張《がんば》ったね」って言ってくれたし、運動が苦手でも困《こま》ることなんてなかったから。

30人の練習をはじめてから、初めて少しでも速くなりたいって思った。でもぜんぜんダメで、頑張《がんば》ったってみんなにはついていけなくて、やっぱりわたしは速くなんて走れないんだって思ってた。みんなだってきっとそう。口には出さないし、せめられたりもしなかったけど、それってあきらめていたからだと思う。

わたしが速く走れるようになんて、なるわけないって。

でも、蒼井君は違《ちが》った。蒼井君はずっと信じて、練習につきあってくれていたんだ。

足首を回して準備《じゅんび》運動を終えたとき、公園の入口から蒼井君が来た。

「おはよう」

「おはよっ、って水口早くね？」

蒼井君はトイレの横に立っている時計塔《とう》に目をやった。

「そう？　ちょっと早かっただけだよ」

ふーんと眉毛《まゆげ》をあげて、蒼井君は屈伸《くっしん》をはじめた。

「水口もさっさとやれよ」

「わたしはもう全部終わった」

蒼井《あおい》君は一瞬《いっしゅん》動きを止めてわたしを見ると、また屈伸《くっしん》をはじめた。

「なら先に走ってろよ。待ってられんのうっとーしーし」

うっとうしいって……。

「からだ、冷えんじゃん」

「へっ？」

「せっかく少しはマシになったのに、風邪《かぜ》ひいて練習できねーとか言ったら、マジでしばくかんな。オレ終わるまで、公園のなかでも軽く走ってろよ」

「う、うん」

さっきまでうっすら汗《あせ》ばんでいたはずの背中《せなか》がもう汗でひんやりしている。わたしはあわてて地面を蹴《け》った。公園のなかをゆっくり走りながら、ちらと蒼井君を見た。

うっとーしーなんて言わないで、最初からそう言ってくれればいいのにな。と思って、笑った。

そんなのムリだよね。だって蒼井君だもん。

キーィと頭上で鳥の声がした。

ゆっくり走りながら空を見あげた。灰色の重たそうな空の隙間《すきま》から白い光がこぼれている。

大きくすーっと息を吸《す》った。

朝のにおいだ。

「行くぞ！」

声のほうに顔を向けると、蒼井君が公園の入口で右手をふって、駆《か》けだした。

「ちょっと待ってー」

わたしは公園の真ん中を突《つ》っ切って蒼井君の背中《せなか》を追いかけた。

「早くしろよ」

数メートル先で足踏《あしぶ》みをしながら蒼井君が待っている。

「ひどーい、待ってたの、わたしだよ」

ぱたぱたと足音をさせて駆けていくと、「ぼーっとしてっからだろ」と、蒼井君は鼻を鳴らして、すっと駆けだした。

「あっ、待って」

あわててうしろを追いかけて、ちょっとムリをして横に並《なら》んだ。

なんだか、できる気がする。もっと走れる気がする。

「蒼井《あおい》君っ」

「なんだよ」

「わたし、頑張《がんば》る」

「とーぜん」

いまさらなに言ってんだよと、蒼井君は前を向いたまま言った。

「だから、もっとってこと」

「……」

「人数が足りないからしかたなくじゃなくて、頼《たの》まれたからでもなくて、あたしも、やりたいって思った。うん、思ってる」

「ちょっと走れたくらいで、調子にのってんなよ」

「調子になんてのってないよ。わたし、もっと速くなりたい」

蒼井君とわたしの足音が重なった。

たったったっ

ぱたぱたぱた

「わたしもみんなとゴールまで走りたい」

蒼井君の口元がやわらかく動いた。

「あ、笑った！　蒼井君が笑った」

「笑ってねーし」

「うそ、いまうれしそうな顔した」

「だれがだよっ」

そう言って、蒼井君はすっと前に出た。スピードがあがる。

「今日からちょっとピッチあげてくからな」

「えー、そんなのムリにきまってて」

「ならムリしろよ」

蒼井《あおい》君がふりかえってにやっと笑った。

「オ、オニー！」

小さくなっていく背中《せなか》を追いかけた。

大会まであと一カ月。

この距離《きょり》が、少しでも縮《ちぢ》まりますように。

第2章 Episode 2

痛いあたし
中谷琴海

ばふっとベッドに倒《たお》れこんで目をつぶった。からだが重い。

なんだろう、この敗北感。……ってだれに？　べつにあたしはだれかに負けたわけじゃないし、だれかと競《きそ》いあっていたわけでもない。

なのに、負けた気がする。

枕元《まくらもと》に座《すわ》っているくーちゃんを抱《だ》きしめたとき、ドアがあいた。

「やだ、ことちゃん帰ってたの？」

コートを着たまま、お母さんが顔を出した。

「もー」

ぱっと起きあがってお母さんをにらんだ。

「勝手に開けないでって言ってるのに！」

「いいじゃないべつに」

よくないから言ってんじゃん。

お母さんに背中《せなか》を向けて、ごろんと横になった。

「練習は？　今日はなかったの？」

「あった」

「あらさぼり？　めずらしーい」

お母さんはおかしそうに言うと、ベッドの端《はし》に座《すわ》った。

「さぼったんじゃないよ、ちょっと具合が悪かったのっ」

あたしが言うと、お母さんは「どれ」とおでこに手をあてた。かすかにハンドクリームのやさしい匂《にお》いがする。

「うーん、熱はなさそうね」

おでこの手をふりはらって、くーちゃんに顔をうずめると、お母さんはあたしのおしりをぽんと叩《たた》いた。

「夜ごはん、たらこスパゲティーにしようかな。食べられる？」

こくんとうなずく。

「……ちょっと、練習に疲《つか》れただけ」

「なら大丈夫ね」

お母さんはふっと笑って立ちあがると、電気をつけて部屋を出ていった。

あたしはくーちゃんを胸《むね》の上において、あおむけになった。

こんなときに練習を休むなんてどうかしてる。九・四〇秒が出たんだよ！　二十九人で……だけど。でも水口《みずぐち》さんだって九秒台で走れたんだよ！　すごいことじゃん。喜ぶべき事態《じたい》じゃん。ちょーおめでたいことじゃん。

なのに、ちっともうれしくない。

机《つくえ》の上のフォトフレームに目をやった。アンパンマンのビニールプールであそんでいる小さいあたしと、小さい克哉《かつや》の写真が入っている。

「ばか」

ちび克哉に向かってつぶやいた。

あたしと克哉は生まれたときからの、ううん、生まれる前からのつきあいだ。

克哉のお母さんとあたしのお母さんは、あたしたちがおなかのなかにいるとき、産婦人《さんふじん》科の待合室《まちあい》で知りあったらしい。

お母さんたちは出産予定日がいっしょで、家も近くて、お互《たが》いに仕事をしていたこともあって話があったんだって。二人は、産休に入ると、いっしょに散歩をしたり、お昼ごはんを食べにいくようになって、二人そろって仲良く予定日より三日遅《おく》れて、赤ちゃんを産んだ。

そのとき生まれたのが、あたしと克哉。

あたしのほうが克哉より、二時間だけ早く生まれた。

あたしと克哉は、公園デビューも、ベビースイミングをはじめるのも、保育園に入るのもいっしょだった。

なにをしてもあたしのほうが早くできるようになったし、からだもあたしのほうが大きかったから、あたしと克哉は二人でいると、よくきょうだいに間違《まちが》われた。

もちろんあたしがお姉さんで、弟は克哉。

克哉はすごく泣き虫だった。保育園でもパジャマのボタンがとめられないって言っては泣いて、ジャングルジムから降《お》りられなくなっては泣いて、給食のときだってピーマンが入ってるだけでべそべそ泣いた。

その涙《なみだ》を拭《ふ》いてあげるのは、いつだってあたしだった。

克哉《かつや》のことを一番知っているのは、克哉のお母さんで、その次があたし。克哉のお父さんはあたしの次くらいだと思う。

だから、いま克哉のことを一番知っているのは、あたし。

克哉のお母さんは、あたしたちが二年生になった春に天国へ行っちゃったから。

あのときのことはいまも鮮明《せんめい》に覚えてる――。

給食の配膳《はいぜん》が終わって、給食当番が「いただきます」を言おうとしたとき、校長先生が教室に飛びこんできた。教室をぐるっと見回して、担任《たんにん》のいずみ先生に耳打ちしてから、克哉を連れていった。

いつもにこにこしている校長先生がすごく真剣《しんけん》で、ちょっとこわいような顔をしていて、いつもはおしゃべりないずみ先生も、そのあとずっと無口だった。

なにか良くないことがあったんじゃないかって、あたしはすごく不安だった。

克哉の机《つくえ》の上には、まだ手をつけていない給食がそのまま残っていた。メニューは覚えていないけど、揚《あ》げパンがあったことは覚えている。克哉は給食の揚げパンが好きだったから。

あの揚《あ》げパン、だれが食べたんだっけ……。

その夜、真っ赤な目をしてお母さんが帰ってきて、克哉のお母さんが交通事故《じこ》で亡《な》くなったって聞かされた。

克哉のお母さんがいなくなったなんて、信じられなかった。何日か前に公園で会ったときは元気だった。「琴海《ことみ》ちゃん、いつもありがとうね」って笑って、自転車のかごに、買い物袋《ぶくろ》をいっぱいつんで、バイバイって手をふった。

死んじゃったって言われても、どうしてもピンとこなかった。ただあのときあたしは、克哉はどうしているだろうって、それだけが気になった。

スーパーでお母さんとはぐれて迷子《まいご》になったときだって、ビービー泣いた克哉だもん。一年生の授業参観《じゅぎょうさんかん》のとき、何度も何度も教室のうしろをふりかえって、泣きそうになりながらお母さんが来るのを待っていた克哉だもん。

克哉、きっと泣いてる。

すぐにそばに行ってあげたかった。あたしがいるよって、涙《なみだ》を拭《ふ》いてあげたかった。でも、あたしのお母さんは、迷惑になるからってすぐには連れていってくれなくて、二日後のお通夜のときに、ようやく会えた。

克哉《かつや》は黒い服を着て、お父さんの横に座《すわ》ってた。お父さんは何度もハンカチを目にあてていたけど、克哉は泣いていなかった。怒ったみたいな顔をして、ももの上でげんこつを握《にぎ》って、じっと天井《てんじょう》をにらんでいた。

あのときから、克哉は泣かなくなった。

泣き虫克哉は、お母さんといっしょにいなくなった。

克哉はあたしといっしょにあそぶことがなくなって、男子とあそぶようになった。あたしのことは「ことみちゃん」から「中谷《なかや》さん」って呼《よ》ぶようになって、気づいたら「中谷」になっていた。中谷って言うようになったころには、あたしより背《せ》も高くなって、バスケもサッカーも野球もうまくて、学年で一番走るのが速かった。運動会でも目立ってて、女子がキャーキャー言って。

でも、克哉はなんでもできるすごい人間じゃない。

バスケだって、サッカーだって野球だって、克哉は人一倍練習をしていたし、朝だってずっとジョギングを続けてる。

すごいのは、うまいことじゃなくて、だれよりも頑張《がんば》るところだ。

それを知っているのは、あたしだけ。あたしだけしか知らないこと。克哉とあたしは、ほかの友だちとは違《ちが》う。特別《とくべつ》なんだ。だから水口《みずぐち》さんのことだって……。

ずんっ、と胸《むね》の奥《おく》が重たくなった。

なんで水口さんのことで、こんな気持ちにならなきゃいけないの？

朝の光景《こうけい》が頭のなかでぐるぐるリピートする。

わっ、と風を切って目の前を走っていった二人の姿《すがた》が目に焼きついている。

あのとき一瞬《いっしゅん》、ストップウォッチを押《お》すのが遅《おく》れた。それでもタイムを見ると、九・五〇秒だった。

「うそ、すごい」

気がついたらあたしは「九・五〇！」って声をはりあげていた。

本当にすごいと思った。水口さんも克哉も。なのに、あたしの声に克哉が小さく右手をあげたのを見た瞬間《しゅんかん》、息がつまった。みんなに囲《かこ》まれて笑っている水口さんを見ていると、どろりとしたものがこみあげてきた。

「どうした？」と、克哉《かつや》に声をかけられてはっとした。あたしはどんな顔をして、水口《みずぐち》さんを見ていたんだろうって。

あわてて笑ってみせたけど、うまく笑えていたか自信がない。

水口さんに腹《はら》を立てる理由なんてない。恨《うら》みなんてない。むしろ感謝《かんしゃ》してる。

転校してきてくれてありがとう。

苦手なことを頑張《がんば》ってくれてありがとう。

一生懸命《いっしょうけんめい》走ってくれてありがとうって。

そのはずなのに。そうでなきゃおかしいのに、ずっとずっともやもやしてる。


「ことちゃーん、ごはんできるからいらっしゃーい」

階段《かいだん》の下からお母さんの声が聞こえた。

夜ごはん、たらこスパゲッティーっていってたっけ。

元気がないと、お母さんはいつもたらこスパゲッティーを作ってくれる。あたしの大好物だから。

克哉の一番好きなものは、オムライス。

昔は、だけど。でもたぶん、ううん、いまだってかわってないはず。


次の朝、あたしはいつもより少し早めに家を出た。昨日の夕練をさぼったことへの、あたしなりの罪《つみ》ほろぼしのつもり。といっても、だれもあたしがさぼったとは思っていないはずだ。昨日は、朝練のあとから本当に胸《むね》がむかむかして、二時間目の休み時間には保健室へも行ったし、昼練も調子が出なかった。みんなも「ムリしないほうがいいよ」って言ってくれて……。それで夕練、休むことにしたんだから。

でもやっぱり見学だけでもすればよかった。体育館の鍵《かぎ》の開け閉めとか、先生にストップウォッチを借りにいったりするのは、副キャプテンのあたしの仕事だから。

あたしがいなくて、みんなきっと困《こま》ったよね。

大きく息を吸《す》いこんで顔をあげた。

もう水口さんのことでうじうじするのはやめよう。こんなのぜんぜんあたしらしくないし、みっともない。水口《みずぐち》さんも克哉《かつや》も、クラスのために頑張《がんば》っていることなんだから。あたしもあたしがやるべきことをちゃんとやろう。

「よし」

声に出して気合を入れたら、気持ちがピッとした。

なのに……。

通用門を入ったところで固まった。

下駄箱《げたばこ》の横にランドセルが二つ並《なら》んでる。

ふらっと足を向けると、校庭の真ん中に克哉がいた。ウォーミングアップをするみたいに、からだを左右に二度ずつひねりながら、一点を見ている。その視線をたどっていくと、水口さんがいた。

なんで？

思わず踵《きびす》をかえしたとき、背中《せなか》から名前を呼《よ》ばれた。ふりかえると、克哉がオッスとばかりに右手をあげている。

あたしは小さく息をついて校庭へ足を向けた。

「おはよう、早いね」

「中谷《なかや》のほうこそはえーじゃん」

「ちょっと早く目が覚めちゃったから」

そう言うと、克哉はおかしそうに笑った。

「ばーちゃんみたいなこと言うなよ」

「なにそれ」

顔をしかめてみせる。

「てか、中谷って、うちのばーちゃんと似《に》てるかもな」

克哉のいう〝ばーちゃん〟は、和歌山《わかやま》に住んでいるお父さんのお母さんのことだ。

「ひっどーい」

そう言いながら、本当はうれしかった。

おばあちゃんと似ているなんて、間違《まちが》ってもほめことばじゃない。それはわかっているけれど、克哉は小さいころからおばあちゃんのことが大好きだったから。

「あのさ、おばあちゃんは」

あたしが言いかけたとき、パタパタパタパタと足音を響《ひび》かせて、水口《みずぐち》さんが小走りでやってきた。

「中谷《なかや》さん、おはよう」

小さく胸《むね》が疼《うず》く。

あたしが克哉《かつや》と話しているのに、なんで割《わ》りこんでくるの？

だけど、そんなふうに思っていることを克哉に悟《さと》られたくなくて、あたしは笑顔で、「おはよっ」と言った。

「昨日はごめんね、練習出られなくて」

「ううん、中谷さんはもう大丈夫？」

「ばっちり。でも大変だったでしょ？」

「なにが？」

「だから、練習の準備《じゅんび》とかいろいろ」

「ううん、ぜんぜん！」

……ぜんぜんって。それってあたしがいようといまいと関係ないってこと？　あたしのやっていることはたいしたことがないっていう意味？

なんか、ムカつく。

「でもさ、」

あたしが言いかけたとき、克哉が「あっ！」と声をあげた。

「なによ」

克哉は校舎《こうしゃ》の時計を見あげて、指を差した。

「早くしないとタイムとる時間なくなるぞ」

「本当だ」

水口さんがあわてたように踵《きびす》をかえすと、克哉はあたしを見た。

「ついでだから、中谷、タイムとってよ」

「はっ？」

「せっかくいるんだし、いいだろ。オレ、スタートの感じをチェックしときたいんだ。な、ほら、ん」

ポケットからとりだした腕時計《うでどけい》をあたしに押《お》しつけて、「ここ押したらストップウォッチになるから」ってスタートラインに駆《か》けていった。

「いつでもいいぞー」

克哉《かつや》が大きく右手をふる。その横で水口《みずぐち》さんはぴょんぴょん飛びはねてから深呼吸《しんこきゅう》をして、真っすぐゴールを見た。

口が乾《かわ》く。唇《くちびる》をなめてあたしはゆっくり息を吸《す》った。

「イチニツイテー！」

水口さんはすっと左足を下げて、上半身を倒《たお》す。

「ヨーイ」

顔をあげる。

最初のころとは比《くら》べ物にならないほど、形ができている。

「ドン」

合図と同時に、水口さんは飛びだした。

真っすぐに、真っすぐに向かってくる。

ラインがぶれていない。

低い姿勢《しせい》から徐々《じょじょ》にからだがあがる。

目の前を、土埃《つちぼこり》が小さく舞《ま》う。

カチッ！

ゴールラインを切った瞬間《しゅんかん》、腕《うで》時計のボタンを押《お》した。

九・四七秒
「な、中谷《なかや》さん、タイムは」

息を切らせながら、水口さんはおずおずと聞いてきた。腕時計を見せながら「九・四七秒」と言うと、水口さんは顔をクシャッとさせた。

「昨日より、ちょっと速くなった」

昨日よりって……。

「あ、あのさ、もしかして毎日タイムとってるの？」

「ううん」

かぶりをふる水口さんを見てほっとした。

そうか、昨日っていうのは克哉《かつや》と二人三脚《きゃく》したときのことか。

いちいち勘《かん》ぐっている自分がおかしかった。

まさか克哉だってそこまではしないよね。水口《みずぐち》さんのためになんて。

「今日はタイム計ろうって。だからジョグは軽めにして、早めに校庭に来ることになったの」

「えっ？」

笑顔がひきつった。

「ジョグって、朝練のまえに走ってるの？」

「うん」

「克哉と？」

「そう」

そうって……。

「へー、すごいじゃん。い、いつからやってるの？」

少し、声がうわずった。

「二週間くらい前かな」

そんなに前から？　あたし、克哉からなんにも聞いてない。って、べつにあたしに言う必要なんてないんだけど。だけど、でも、ちょっとくらい話してくれてもいいんじゃない？　そうだよ、だってあたしは副《ふく》キャプテンで学級委員長なんだから。みんながそれぞれ勝手なことをしたら困《こま》るし。

……困る、かな。困らないかもしれないけど。

「中谷《なかや》さん？」

水口さんが大きなどんぐりみたいな目であたしを見た。あたしは、ううんと首をふって、肩《かた》をあげてみせた。

「克哉って、昔っから強引なんだよ」

わざと、言ってみた。

「水口さんも嫌《いや》なら嫌って言ったほうがいいよ。あいつ言わなきゃわかんないし、勝手なんだよねぇ」

いい人のふりをして、水口さんの味方だよって思わせるような言いかたをして、克哉を悪口を。

非難《ひなん》してみる。

ほら、今度は水口《みずぐち》さんの番だよ。言いなよ、言ってよ、克哉《かつや》への不満を、悪口を。

なのに、水口さんはふるふるとかぶりをふって、あたしを見あげた。

「そんなことないよ」

「へっ？」

「わたし、蒼井《あおい》君には感謝《かんしゃ》してるの。特訓《とっくん》のおかげで少し速くなったし」

「でも、頑張《がんば》ったのは水口さんじゃん」

あたしが言うと、水口さんは「ありがとう」と頬《ほお》を赤くした。

……そこは、肯定《こうてい》しちゃうんだ。

「おい、なにやってんだよー」

背中《せなか》からの声にふりかえると、目の前に克哉《かつや》の顔があった。

「わっ、やだ、びっくりするじゃん」

「なんで」

「なんでって、いきなり人相《にんそう》の悪い顔が出てきたら驚《おどろ》くにきまってるでしょ！」

「ひっでー。なんだよそれ」

克哉が大げさに顔をしかめてからだをそらす。

「本当のこと言っただけ」

「うわっ、オレそんなに人相悪《にんそうわる》い？」

水口さんに言うと、水口さんは笑いながら首をふった。

「だよなー、んなこと言うの中谷《なかや》だけだかんな」

とくん

心臓《しんぞう》が跳《は》ねた。

——中谷だけだかんな

「ば、ばっかじゃないの！」

おはよー

おっはよぉ

校庭の向こうから可南子《かなこ》と雪美《ゆきみ》が手をふりながら来るのが見えた。そのうしろから、益《ます》子《こ》と門井《かどい》が手さげカバンをふり回しながら駆《か》けてくる。

「さっ、朝練朝練！　体育倉庫の鍵《かぎ》もらってくるね」

あたしは乱暴《らんぼう》に腕《うで》時計を克哉《かつや》に押《お》しつけて、校舎《こうしゃ》に足を向けた。

「水口《みずぐち》さんの調子どおー」

すれ違《ちが》いざまに門井が大きな声で克哉に言った。

「九・四七秒」

背中《せなか》から聞こえるちょっと得意そうな克哉の声に、思わず足が重くなる。

「おー、すげーじゃん」

「すげくねーよ、まだよゆーで縮《ちぢ》む。なっ」

ふりかえると、克哉の横で水口さんが「ムリだよぉ」と手をぱたぱたふっていた。

「ならムリしろよ」

克哉はあいかわらずの口調だけど、表情《ひょうじょう》がやわらかい。

「琴海《ことみ》ー、倉庫の鍵開いてないよー」

可南子の声にビクンとした。

「ごめーん、いまとってくるから！」

あたしはバッと駆《か》けだした。

こっくりとしたコンソメの匂《にお》いが廊下《ろうか》から流れてきた。朝練をしているあたしたちにとって、四時間目は空腹《くうふく》との戦いだ。

チャイムが鳴ると同時に、給食当番は白衣《はくい》を羽織《はお》りながら給食ワゴンを取りに廊下へ飛びだし、十分もしないうちに配膳《はいぜん》を終えて食べはじめる。かなり驚異《きょうい》のスピードだけど、それができるのは、以前のように班《はん》ごとに机《つくえ》をつけたりせず、授業中と同じように全員前を向いたまま食べるからだ。

今日はワゴンが到着《とうちゃく》してから六分で全員の給食が机にのった。「いただきます」の挨拶《あいさつ》をして一口食べたとき、教室のスピーカーが鳴った。

『六年一組　中谷《なかや》さん、蒼井《あおい》さん、職員室《しょくいんしつ》へ来てください。くりかえします。六年一組』

なに？　ふりかえると、克哉がポトフを口に入れながら、首をちょんとひねった。

あたしたちはとりあえず給食をかきこんで、職員室《しょくいんしつ》へ向かった。

「しつれーしまーす」

勢《いきお》いよく職員室のドアを開けた克哉《かつや》のうしろから入っていくと、入口の正面の席で電話をしている五年担任《たんにん》の遠藤《えんどう》先生と、端《はし》っこの席でパソコンをカチャカチャやっている音楽の戸田《とだ》先生が一度、ちらと顔をあげた。

「いないね、山中《やまなか》先生」

克哉に言うと、窓際《まどぎわ》のソファに座《すわ》っている女の人がこっちを向いて小さく会釈《えしゃく》した。

だれ？　だれかのお母さん、という感じではない。といって先生というのとも違《ちが》う。全体的に黒っぽい服だけど、首元のスカーフと無造作《むぞうさ》にまとめあげている風な髪型《かみがた》が、どことなくおしゃれな感じがする。それに若《わか》い。

視線《しせん》をあげると、克哉と目があった。克哉も「ん？」と首をかしげている。

「あーごめんなー、呼《よ》びだしなんてかけちゃって」

聞きなれた声にふりかえると、山中先生が廊下《ろうか》から、お盆《ぼん》を持って入ってきた。お客さん用の湯飲みがのっている。

「お茶っぱがきれててさ、用務室《ようむしつ》に行って分けてもらってきた」

先生はそう言うと、ソファに座《すわ》っている女の人に「お待たせしてすみません」と、頭を下げた。「いいえ、おかまいなく」と女の人がもう一度あたしたちのほうを見ると、先生はせわしなげに「こっちこっち」と、あたしたちに向かってぱたぱたと手を動かした。

あたしと克哉は一度視線《しせん》をあわせて、足を向けた。

こんにちは、とぺこんとすると、山中先生はあたしたちを女の人の向かい側のソファに座らせて、先生はパイプ椅子《いす》を広げて座った。

「こちらは大垣《おおがき》さん。タウン誌《し》の記者さんです」

大垣です、と女の人はゆっくり会釈《えしゃく》をすると、先生が置いた湯飲みを横にどけて、『アドバルーン』という薄《うす》い雑誌《ざっし》を置いた。

「これにさ、うちのクラスを取りあげてくれるんだって」

先生は鼻をふくらませて、少し興奮《こうふん》したように言った。

「うちのなにを?」

「30人31脚《きゃく》に決まってるだろっ」

決まってないよ……。

「なー、すごいだろ」

そうなのかな？　克哉《かつや》を見ると、やっぱりビミョーな顔をしていた。

「急にごめんなさい。きみたちの〝チャレンジプロジェクト〟のことを聞いて、ぜひお話を聞いてみたいって思ったんです」

チャレンジプロジェクトというのは、卒業までにクラス全員でなにかに挑戦《ちょうせん》しようっていう六年生の取り組みだ。このあたりではほとんどの小学校が取り入れている。

「30人31脚《きゃく》って、昔テレビ局が主催《しゅさい》していた競技《きょうぎ》大会ですよね。番組が終わってすっかり忘《わす》れていたんですが、この地域《ちいき》では四年前から小学生を対象にした大会をやっているって聞いて。まぁ、正直なところ、それは懐《なつ》かしいっていうくらいのことだったんです。でも、きみたちの話を聞いて急に興味《きょうみ》がわいてしまって」

「あたしたちの、なにがですか？」

「ほら、人数不足で大会に出られないっていうところから、二学期になって転校生がきて出場できるようになった、なんて、ちょっとおもしろいなって」

「おもしろい……」

思わずムッとした。

「あ、ごめんなさい。おもしろいなんて失礼よね。でもドラマチックでしょ」

「勝手に思われても迷惑《めいわく》なんすけど」

克哉がぼそりと言うと、山中《やまなか》先生があわてて口をはさんだ。

「まあまあ、急に取材なんて言われたら緊張《きんちょう》しちゃうよな。でもさ、うちのクラスの取り組みをみんなに知ってもらえるって、うれしいだろ!?」

緊張もしないし、うれしくもない。

あたしと克哉が黙《だま》っていると、大垣《おおがき》さんはすっと背筋《せすじ》を伸《の》ばした。

「じゃあ、記事にするしないはあとで考えることにして、話だけでも聞かせてもらえないかしら」

「いいよな、それなら。なっ、教頭先生もぜひにって言ってるし」

山中先生はやたらとプッシュしてくる。あたしが黙っていると、克哉がぼそりと言った。

「ドラマチックじゃないっすけど……、それでいいなら」

「克哉《かつや》!?」

「ありがとう」

大垣《おおがき》さんは口角をあげてうなずき、山中《やまなか》先生はうれしそうに克哉の背中《せなか》をバシバシ叩《たた》いた。

克哉がそんなことを言うとは思わなかった。克哉は目立つことが嫌《きら》いだ。去年、全校マラソン大会で優勝《ゆうしょう》したときだって、学校新聞に載《の》るのも嫌《いや》がってたくらいで。

「いいの!?」

思わずあたしが言うと、克哉は眉毛《まゆげ》をぴくっとあげた。

「おっかない顔すんなよ」

「だって」

「いいじゃん、こういうことがあるとみんな気合入るかもしんねーし。ほら、くぎをいれるってやつ？」

「くさび」

ぴしゃっとあたしが訂正《ていせい》すると、大垣さんは吹《ふ》きだした。

露骨《ろこつ》にムッとしてみせると、ごめんごめんと言いながらふーっと息をついた。

「じゃあ早速いいかな」

大垣さんが大ぶりのカバンからノートを取りだしていると、克哉はちらっと壁《かべ》時計に目をやった。昼休みはあと二十分くらいだ。

「練習あるんですけど、オレたち」

「昼休みに？」

「朝と昼は全員参加なんです。夕練は一応《いちおう》自由参加ってことになっていて」

あたしが言うと、大垣さんはへーっとうなずいた。

「じゃあ放課後《ほうかご》に時間とってもらえるかな」

「もちろんです！」

あたしたちが答える前に、山中先生が胸《むね》をはった。

「でも夕練が！　ね、克哉」

「それなら先生に任《まか》せておけ。キャプテン、副キャプテンのいない間は責任《せきにん》持って練習につきあうから」

先生は満面《まんめん》の笑みを浮《う》かべて胸《むね》を叩《たた》いた。

克哉《かつや》が、どう？　と、あたしを見た。むっとしながらもわずかに顔を動かすと、大垣《おおがき》さんは「よかった。じゃあまた放課後《ほうかご》にね」と、さめたお茶を飲み干《ほ》して立ちあがった。


「えーすごい！　あたしたち雑誌《ざっし》に出るの？」

「『アドバルーン』って見たことある！　駅にもあったし」

「写真も載《の》るの？」

みんなに取材の話を伝えたら、予想以上の反応《はんのう》だった。

「記事になるかはわかんないよ。とにかく話を聞かせてって」

ね、と視線《しせん》を動かすと、克哉は黙《だま》ってうなずいた。

「で、放課後の練習なんだけど、あたしと克哉は」

「任《まか》せろ。それよか、ちゃんといいこと話して、載せてもらえるようにしろよ！」

益子《ますこ》はそう言うと、イエーイと克哉のほうに向けてこぶしをゆらした。

タウン誌《し》に載るってそんなにすごいことなんだろうか……。

放課後《ほうかご》、あたしと克哉はみんなに見送られて教室を出た。昼休み中とは違《ちが》って職員室《しょくいんしつ》には先生がたくさんいる。山中《やまなか》先生はあたしたちに気がつくと、ソファに座《すわ》っている大垣さんといっしょに出てきた。

「ここじゃあ落ち着かないだろ」

そう言って、こっちこっちと山中先生は階段《かいだん》をあがって、二階の資料室《しりょうしつ》のとなりにある相談室のドアを開けた。

相談室は親と先生が立ち話では片《かた》づかないような話をしたり、ＰＴＡのお母さんたちが集まるときによく使っている。あとは、ときどきお説教部屋にもなるみたい。あたしには縁《えん》のない部屋だ。

そんなことをぼーっと考えていたら、「中谷《なかや》」と、克哉に呼《よ》ばれた。

あたしと克哉は長机《ながづくえ》をはさんで大垣さんの正面に座った。大垣さんはにこりと笑みを浮《う》かべてノートを取りだした。普通《ふつう》の大学ノートよりひとまわりくらい小ぶりで、厚《あつ》さは三倍くらいあるノートだ。

「改めて、よろしくお願いします」

大垣《おおがき》さんが言うと、部屋の入口から「よろしくお願いします！」と、山中《やまなか》先生の声が響《ひび》いた。

「あら、先生まだいらしたんですか。こちらは大丈夫《だいじょうぶ》ですので」

「いや、でも」

「練習に行かれるって、約束してらっしゃいましたよね」

大垣さんのことばにあたしが大きくうなずくと、「い、いま行こうと思ってたんです」と、先生はなごり惜《お》しそうにドアを開けた。

窓《まど》の外で銀杏《いちょう》の木がざわっと音をたてて、ゆれる。校庭から、ピーッというホイッスルの音が聞こえた。

「ちゃんと練習みてくれっかな、センセー」

克哉《かつや》がぼそりと言うと、大垣さんが苦笑した。

「じゃあまずは、きっかけから教えてもらおうかな。どうして30人31脚《きゃく》をやることになったの？」

「どうしてって言われも」

「ほら、チャレンジプロジェクトってクラス全員で取り組むっていうところがポイントでしょ。それなら普通《ふつう》は、もう少し違《ちが》うものにするんじゃないかなって」

「はぁ」

あいまいに答えてみたけれど、大垣さんの言うことはなんとなくわかる。

全員で一つの目標を達成するっていっても、その形はいろいろだ。一番ムリがないのは、学芸会の劇《げき》みたいなスタイルだと思う。舞台で演じる人がいて、大道具、小道具、照明、音楽っていろいろな役割《やくわり》があって、そういうなかから自分にあったものを選んでいけばいい。

でも、30人31脚《きゃく》は、全員が同じように五十メートルを走る。単純《たんじゅん》だけど、そこには走ることが好きな人もいれば嫌《きら》いな人もいる。タイムだってバラバラだ。そもそもからだを動かすことが苦手な人にとって、このチャレンジはけっこう負担《ふたん》になっていると思う。

歴代《れきだい》のチャレンジプロジェクトを見ても、みんなよく工夫していた。去年の六年生は飼《し》育《いく》小屋を作った。実際に大工作業をするグループと、材料集めなんかの営業《えいぎょう》グループ、色を塗《ぬ》ったり看板《かんばん》を作るグループという具合に、いくつかのグループに分かれて活動して、地域《ちいき》の材木《ざいもく》店なんかに寄付《きふ》してもらった材料を使って、あまりお金をかけずに立派《りっぱ》な飼育《しいく》小屋を完成させた。

前前年は、クラス全員が落語を一席できるようにっていうのに挑戦《ちょうせん》したらしいし、その前はソーラン節《ぶし》かなにかをやってたはずだ。そのソーラン節だって、踊《おど》る人と衣装《いしょう》の人にわけてやっていた。

30人31脚《きゃく》を提案《ていあん》したのは、あたしだ。

「普通《ふつう》は、わかりませんけど……。走るだけならみんなできるし」

あたしがぼそぼそ言うと、大垣《おおがき》さんは「中谷《なかや》さんって、走るの速いでしょ」と笑った。

「そんなことは」

「ううん、運動音痴《おんち》のあたしに言わせたら、このチャレンジってかなりきついよ」

「……」

「普通っすよ、中谷」

克哉《かつや》がなんでもないことのように言った。

「へっ？」

「走るの。中谷、特別速いってわけでもねーし。普通《ふつう》。なっ」

克哉に比《くら》べればそうだけど、女子のなかでは速いほうだ。あまり普通、普通って言われると腹《はら》が立つ。

「へー、蒼井《あおい》君は？」

「オレは速いっす」

大垣さんはくすりと笑った。

「べつに速いとか遅《おそ》いとかは関係ないです。あたしはただ、みんなでやったーって喜べるものがいいと思って提案《ていあん》しただけで。学級会で話しあっても、これっていう意見も出なかったし」

「中谷さんの発案なんだ」

「そうっす。あ、こいつ学級委員長なんで」

克哉が言うと、あぁ、と大垣さんは苦笑してうなずいた。

「チャレンジプロジェクトについて話しあったのは、六年生になって二回目の学級会のときです。学級会がはじまって二十分たっても意見なんて出てこなくて」

こういうことは、言い出しっぺにあれこれ仕事がふられることが多いから、きっとたいして意見なんか出てこないだろうと思っていたけれど、予想以上だった。しんとした教室のなかでくりかえされたのは、「意見ありませんかー」「やってみたいこととかないですか」という、学級委員長のあたしと竹野《たけの》君の声だけ。

「そうしたら竹野君が、中谷《なかや》さん、なんかない？　ってあたしにふってきたんです」

「それで30人31脚《きゃく》を提案したの？」

「そうです」

いつもなら「なんであたしにふるの」ってムッとしているところだけど、あのときのあたしは、そのチャンスをひそかに待っていた。とりあえず「えー」って言いながら、あたしは言った。「30人31脚やらない？」って。

あたしの提案《ていあん》に反応《はんのう》したのは、それまで教室のすみで眠《ねむ》たそうにしていた山中《やまなか》先生だった。

なんでこういうときに反応するかな……。あたしは心のなかで舌打《したう》ちした。だって先生が賛成《さんせい》するようなことは基本《きほん》、おもしろいものじゃない。そのことをあたしたちは経験《けいけん》上知っているから。

ところがこのときは、「それなに？」ってだれかが言いだした。このミラクルな反応《はんのう》に、あたしは軽いノリで、「二人三脚《きゃく》の拡大版《かくだいばん》」と答えた。で、ついでに去年や一昨年《おととし》にやっていたチャレンジプロジェクトが、いかに大変で時間がかかったかを話した。

「中谷さんの提案《ていあん》に反対した人はいなかったの？」

大垣《おおがき》さんは首をかしげた。

「うちのクラス、全般《ぜんぱん》的に五十メートル走のタイムはいいんです。そりゃあ走るの苦手って人もいますけど」

でも、と克哉《かつや》が苦笑した。

「反対じゃないけど妨害《ぼうがい》はあったよな。山センが、練習はかなり必要だよなーとか言いだして」

そう。先生の一言で「賛成《さんせい》」にかたむきかけた空気がさーっとひいた。空気をかえたのは克哉だった。

「どーせなにやったって、そこそこ時間かかんじゃん。ならオレ、やってもいいな、30人

31脚《きゃく》」

克哉《かつや》が言うと、クラスの大半が「だよなー」「いんじゃね？」と賛成《さんせい》に転じた。


「練習は朝と昼で、放課後《ほうかご》は自由参加にしたんです。塾《じゅく》とか習い事をしている人もいるので、放課後を拘束《こうそく》するのはムリなんです。練習を休んでも絶対《ぜったい》に文句《もんく》を言ったりせめたりはしない。そういうルールを作ったら、反対していた人も納得してくれました」

「なるほどねー。で、そこから大会優勝《ゆうしょう》を目標にスタートしたわけね」

「違《ちが》います。最初は大会なんて考えていなかったんです」

「そうなの？」

大垣《おおがき》さんが克哉に視線《しせん》を向けると、こくこくとうなずいて言った。

「最初に決めたのは、目標タイムだったよな」

「うん。八秒台って」

タイムアタックで八秒台を出す。これが六年一組の目標だった。

「練習がはじまったのは、運動会が終わって一息ついた五月の終わりからです。最初に全員でやったときは、一歩目で崩《くず》れました。ここまでできないとは思っていなかったので、ショックでした。それで、まずは二人三脚《きゃく》での練習をして、そのあと三人四脚、四人五脚っていう具合に少しずつ増《ふ》やしていったんです」

「なるほどね。練習のメニューはだれが考えたの？」

「一応《いちおう》オレと中谷《なかや》で。センセーもいろいろ調べてくれたけど」

「チャレンジプロジェクトって、原則《げんそく》的に子ども主導《しゅどう》の活動なんです」

あたしが言うと、大垣さんはなるほど、とノートのうえでペンを動かした。

「二度目に全員で走ったのは、六月の半ばだったと思います。ね」

となりで克哉が首を縦《たて》に動かして、「走ったっていうか、歩いたって感じですけど」とつぶやく。

「でも練習するたびに合うようになって、一週間後くらいには十二秒台で走れるようになりました」

目標の八秒台までは程《ほど》遠かったし、少しスピードをあげようとすると、途中で崩れたり、転んだりもした。それでも、このまま続けていけば達成できる目標だと思った。その根拠《こんきょ》は、腐《くさ》れ縁《えん》。うちの学校は、各学年一クラスしかないから、六年間ずっと同じ顔ぶれだ。もちろん全員が全員と仲がいいわけじゃないし、気があうあわないもあるけれど、いざというときにはまとまる力はある、と思う。実際《じっさい》、目標に向かってあたしたちは順調に進んでいた、はずだった。

「大会の話が出たのは、七月に入ってすぐでした」

朝のホームルームのときに、山中《やまなか》先生が一枚《まい》のポスターを広げた。

「せっかくだから、これに出てみないか？」

でかでかと、『上代市《かみしろ》　30人31脚《きゃく》小学生大会』の文字が並《なら》んでる。

「タイムアタックで八秒台を出すっていうのも悪くないと思うけど、大会に出るっていう目標があったほうが、やる気も出ると思うんだ」

山中先生は、みんなをぐるっと見渡《みわた》して教卓《きょうたく》に手をついた。

最初はみんなしらっとしていた。あたしだって大会なんてまったく興味《きょうみ》なかった。なのに、先生の次の一言であたしの気持ちはすこんとかわった。

「優勝《ゆうしょう》したら、市民体育館にメンバー全員の名前が入ったプレートを飾《かざ》ってくれるらしいぞ」

「出よう！」

あたしが言うと、教室中「えーっ」「めんどくせーじゃん」「やだよー」の大ブーイングだった。

そりゃあ、あたしだってみんなの気持ちはわからないわけじゃない。これ以上面倒《めんどう》なことをしたくなんてない。けど……。

ブーイングの嵐《あらし》のなかで、あたしは禁《きん》じ手を使った。

「卒業したら、ひっこしちゃう人がいるんだよ」

一瞬《いっしゅん》、クラス中がしんとして、それからざわりとした。

「だれがひっこすの？」

「おまえ？」

「ちがうよ」

みんな、となりやうしろをふりかえって、ううんと首をふっている。

ざわざわが続くなかで、「オレだけど」のひと言が響《ひび》いた。

みんなが克哉《かつや》を見た。

「なんで言うかなぁ、中谷《なかや》」

克哉はため息をつきながらぼそりと言った。

「ひっこしするってなんだよ」

「つーか、なんで言わなかったんだよ」

がたっと、益子《ますこ》がイスの音をたてた。

「だって、べつに転校するわけでもねーし。中学なんて私立《しりつ》行くやつもいるだろ」

「そりゃ、そうかもだけど」

「どこにひっこすの？」

門井《かどい》が言うと「和歌山《わかやま》」と克哉が答えた。

「とおっ！」

益子は一声あげて机《つくえ》の上に視線《しせん》を落とした。

「出ようぜ大会」

どんよりとした空気のなかで、門井が立ちあがると、竹野《たけの》君がうなずいた。

「出てもいいかも」

「だよな、べつに克哉がどうのってことだけじゃなくてさ、オレたち六年一組の名前が永《えい》遠《えん》にプレートに残るなんてかっこよくね？」

「永遠かどうかは知らないぞ」

先生があわてて訂正《ていせい》したけど、だれも先生の声なんて聞いてなかった。

「そうだな、うん」

「出ようぜ」

「よーし、出よう！」

「優勝《ゆうしょう》しちゃおー」

「おー！」

先生は驚《おどろ》いた顔をしながらも、黒板の横に貼《は》ってある『最後まであきらめない』っていう、ポジティブなんだかネガティブなんだかわからないクラス目標の上にポスターを貼った。

「あ、クラス目標……」

ぼそっと克哉《かつや》が言った。

その日から、大会優勝《ゆうしょう》を目指して練習を再《さい》スタートさせた。

「友情《ゆうじょう》かぁ。蒼井《あおい》君がひっこしちゃうってことで、みんなその気になったのね」

「べつにオレはかんけーねーし」

克哉がすねたように口をとがらせた。

「あれ、でもちょっとまって、その段階《だんかい》で人数が足りていないって気づかなかったの？」

「……はい。二十人だろうと四十人だろうと30人31脚《きゃく》って言っているし。人数じゃなくて、クラス全員で走るっていう意味で考えていたんです」

大会の優勝を目標にかえたことで、あたしたちはますます練習に熱が入った。それまでは塾《じゅく》だとか、用事があるとかで、放課後の夕練には半数くらいしか参加していなかったのに、あのころは毎日八割《わり》くらいが夕練に参加していた。

みんな本気で優勝をねらって、本気で練習をした。練習すればしただけ結果もついてきた。タイムもじわじわ縮《ちぢ》まって、九秒台はあたり前に出せるようになった。大会へ向けて順調に進んでいた。

どん底に突《つ》き落とされたのは、夏休みに入る直前だった。

その日、水泳の授業《じゅぎょう》を終えて教室にもどってきたら、風邪《かぜ》ぎみで見学をしていたまさちゃんが、眉間《みけん》にしわをよせて、黒板の横でなにかをじっと見ていた。

「どうしたの？」

顔をのぞきこむと、まさちゃんは「うーん」ってうなりながらポスターを指差した。

「これ、どういうことだと思う？」

「ん？」

まさちゃんの少し深爪《ふかづめ》ぎみの指先に目を向けると、小さな文字が並《なら》んでる。ぐっと顔を寄《よ》せた次の瞬間《しゅんかん》、あたしは固まった。

◆参加資格《しかく》
市内小学校在籍《ざいせき》五年生以上の児童。三十名以上でチームを構成《こうせい》。

「これって、三十人いないとダメってこと、だよね」

まさちゃんのことばに、今度は隕石《いんせき》がぶつかってきたような衝撃《しょうげき》をうけた。

だって、あたしたちのクラス――というか学年――は、全員で二十九人だから。

「で、でも、先生なんにも言ってなかったし」

あたしが言うと、まさちゃんが悲しい目をした。

「先生、ここ見てなかったんじゃない？」

「……」

まさかそんなこと、普通《ふつう》だったらありえない、と思う。大会のことは先生がすすめたんだし、参加条件《じょうけん》くらい当然確認《かくにん》してるはず。

普通、だったら……。

がらっと教室のドアが開いて、山中《やまなか》先生が入ってきた。

「こらー、もう三時間目はじまってるぞー」

先生の声に、みんなぱたぱた席にもどる。「行こ」とまさちゃんはあたしの手をひっぱったけど、あたしは動かなかった。というより動けなかった。

「中谷《なかや》さんどうした？　おなかでも痛《いた》い？」

おなかの痛い人が、こんなに直立《ちょくりつ》できるわけがない。そんなこともわからないんだろうか？

「先生」

「ん？」

「これ、大丈夫《だいじょうぶ》ですか？」

先生はあたしを見てげらげら笑った。

「どうしたー、中谷さんらしくない、なに心配してるんだよ」

それから腰《こし》に手をあてて、みんなを見回しながら言った。

「練習を重ねると、不安になるときもあると思う。タイムだって縮《ちぢ》むときもあれば、うまくいかないときもあるからね。だけど、」

「そうじゃなくて！」

思わず先生の声を遮《さえぎ》った。

「へっ？」

「ここ、ここに書いてあることって、大丈夫なんですよね!?」

「ん？　んんん？」

先生は腰《こし》を折ってポスターに顔を近づけて、そのまま固まった。

……やっぱり。

「なんだよ」

「どうしたの？」

「なになに？」

みんながざわつきだして、先生はあわててからだを起こした。

「大丈夫。うん。うん、心配しなくていいから」

思いっきりひきつった顔は、どう見ても大丈夫とは思えなかった。

「参加資格《しかく》を満たしていないことに気づいた先生は、大会事務局《じむきょく》へ電話をしたり、関係ないけど市のスポーツ推進課《すいしんか》に相談に行ったり、いろいろ頑張ってはくれたんです。でも結局、大会のルールはルールで、人数不足はどうにもならなくて」

五年生からひとり助っ人を、って話も出た。けど、それは断《ことわ》った。うちのクラスでやらなきゃ意味ないし、そもそも六年生の〝チャレンジプロジェクト〟に五年生を巻《ま》きこむなんて、ありえない。

結局、「じゃ、じゃあ、最初に決めた目標にもどすってのは、どうだろ……」と、おずおずと言う先生のことばにうなずくしかなかった。

あたしたちは、いったんさがってしまったテンションを上げることもできないまま、小学校生活最後の夏休みを迎《むか》えた。

長い夏の間は練習をすることもなく、無駄《むだ》にただ暑い四十日間を過《す》ごした。

ふーっと大きなため息をついて、大垣《おおがき》さんはかぶりをふった。

「それはきつかったね。で、ついに転校生が登場するわけね」

「はい。二学期がはじまった初日でした」

あの日、先生のうしろに立っている、背《せ》の低い細身の女の子を見たときは鳥肌《とりはだ》が立った。

思わずうしろの席をふりかえると、克哉《かつや》も口を半開きにしたまま転校生を見ていた。

「あのときは本当に奇跡《きせき》だって思いました。だって転校生っていうだけでもめずらしいのに、六年の二学期ですよ。この時期に転校してくる子がいるなんて」

人数がそろった。

大会に出られる！

黒板の前に立つ水口《みずぐち》さんに、あたしは抱《だ》きつきたいくらいだった。

転校してきてくれてありがとう！

本気で感動して、感謝した。

たぶんみんなもそうだったと思う。

大会に出られる。自分たちは優勝《ゆうしょう》できるって。

「優勝なんてそんなに簡単《かんたん》にできることじゃないってことはわかってます。でも、夏休み前までのタイムを考えたら、大会にさえ出ることができれば、勝てる可能性《かのうせい》は十分あると思いました」

克哉《かつや》に視線《しせん》を動かすと、克哉もゆっくりうなずいた。

「でも」

「でも？」

大垣《おおがき》さんは上目づかいであたしを見た。

「転校生の水口さんが」

「出たくないって言ったとか？」

ふるふるとかぶりをふる。

「そうじゃなくて、ただ」

思わず口ごもると、克哉が口を開いた。

「水口、走んのすっげー遅《おそ》くって」

そう。一番の誤算《ごさん》は、転校生の水口さんが驚異《きょうい》の鈍足《どんそく》だったってことだ。

五十メートル、十・九八秒。

そのタイムを聞いたとき、ストップウォッチが壊《こわ》れているんじゃないかと思った。だって、うちの学校の六年女子の平均《へいきん》タイムは九・四三秒。男子は八・七〇秒だ。

たしかに水口さんは自分で「足が遅い」とは言っていた。言ってたけど、ここまでとは思わなかった。夏前まで二十九人で練習していたときは、九秒台が出るのはめずらしいことじゃなくなっていた。なのに、水口《みずぐち》さんを加えた三十人になったとたん、ゴールにたどり着くことすらあやうくなった。

窓《まど》の外に目をやると、校庭の端《はし》で水口さんがなわとびをしているのが見えた。

「水口さんはあたしたちのスピードに全くついてこれなかったんです。ゴールまで走り切れたらいいほうで、ほとんど途中《とちゅう》で転倒《てんとう》して。どう甘《あま》く見積もっても優勝《ゆうしょう》なんてできっこない。だからって、水口さんが悪いわけじゃないことも、みんなわかってるんです」

わかってるから、複雑《ふくざつ》なんだ。

「それはきついね。水口さんも、みんなも」

大垣《おおがき》さんのことばに、こくんとうなずいた。

水口さんも悩《なや》んでいた。それでも水口さんは「出たくない」って言ったり、練習をさぼったり、学校を休むなんてことはしなかった。もちろんあたしも気を使ったし、はげましてもきたんだけど、それでも普通《ふつう》だったらとっくに折れてると思う。

水口さんは背格好《せかっこう》も声も小さくて一見弱弱しげに見えるけど、案外強いんじゃないかって、あたしは思った。

とにかく優勝《ゆうしょう》はムリでも、大会に出る。完走する。

あたしはひそかに目標を変更《へんこう》した。

そんなあたしの心境《しんきょう》の変化に、いち早く気づいたのが克哉《かつや》だった。

「おまえさ、やる気あんの?」

水口さんが転校してきて一カ月半くらいたったある日の夕方、職員室《しょくいんしつ》から出てきたところで克哉に言われた。

「いきなりなに? びっくりするじゃん!」

「だから、やる気あんのかって、30人」

どきっとした。

適当《てきとう》に練習をしていたわけじゃない。そりゃあ目標は〝完走〟にシフトしたけど、練習はいつもとかわらないいつもりでいた。心のなかでは、優勝なんて絶対《ぜったい》にムリって思いながら、「いける」「できる」「いい感じになってきた」って、声をだしてたつもりだった。

だから克哉に言われてあせった。

「あ、あるにきまってるじゃん」

あたしが言うと、克哉《かつや》は廊下《ろうか》の壁《かべ》に背中《せなか》をつけて、ちらとあたしを見た。

思わず前髪《まえがみ》に手をあてると、克哉は鼻を鳴らした。

「ほら、やっぱり」

「へっ？」

「ウソつくとき、中谷《なかや》って前髪さわんだよな」

「……」

「オレさ、ちゃんとやりたいんだ。あきらめんのっていつでもできんじゃん。でもいまじゃないって思う」

廊下を照らしている蛍光灯《けいこうとう》がぱちぱちっと点滅《てんめつ》した。

「つーか、こーいうのって、中谷らしくねーし」

「あたしらしく？」

克哉に向けていた視線《しせん》が、すっと床《ゆか》に落ちた。

「……あたしらしくってなによ」

克哉はなにも言わなかった。

なんにも、わかってないくせに……。

「克哉に、そんなこと言われたくないよ。あたしは、ちゃんとクラスのこと考えてる。優《ゆう》勝《しょう》とかそんなことを目指すより、まず大会に出ることが大事でしょ。せっかく出られるようになったんだよ。それって、あきらめるのとはちがうから。水口《みずぐち》さんが出ないっていったらおしまいじゃん。克哉だってそのくらい」

「はっ？　もしかして水口に気ィ使ってんの？」

「あたりまえでしょ！」

克哉が薄《うす》く笑った。

「ばっかじゃねーの」

「なっ」

「あのさ、それって水口にすっげー失礼だって、わかってねーだろ」

「どういうこと？」

「だから、中谷は水口のこと、どうせノロいって思ってんだろ」

ふんと克哉は鼻を鳴らした。

「オレが、水口《みずぐち》なんとかすっから」

「なんとかって？」

あたしが言うと、克哉《かつや》はわずかに肩《かた》をあげて言った。

「走れるようになればいいんだろ。オレたちといっしょに」


窓《まど》がカタカタと音をたてる。外はもう夜に近い色をして、窓ガラスがぼんやりとあたしたちのシルエットをうつしている。さっきまで聞こえていた笑い声やボールの跳《は》ねる音も、今は何も聞こえない。

「あのころ、みんな口にはださなかったけど、優勝《ゆうしょう》なんてムリだってあきらめていたと思うんです。あきらめていなかったのは、たぶん、克哉だけだったと思います」

そう言って、あたしはゆっくり息をついた。

「いや、え、てか、そうなの？」

克哉が驚《おどろ》いたようにあたしの顔をのぞきこんだ。思わず視線《しせん》をそらした。

きっとそうなんだ。克哉は本気で信じてて。だからみんなも、克哉が言えば、できるような気持ちになる。あたしがいくら言っても、ことばにしても、流れていくだけ。だって、あたしのことばは口先だけだから……。

「もう六時か」

大垣《おおがき》さんは指先で左袖《そで》をすっとめくって、腕《うで》時計に視線《しせん》を落としたまま言った。

「ごめんね、おうちのかた、心配されてないかしら？」

「大丈夫です。ね」

「ぜんぜん平気っす」

「よかった。じゃあ続きだけど、いつ聞かせてもらえるかな。また放課後《ほうかご》がいいよね」

大垣さんはそう言いながら、カバンからスマホを取りだして指を細かく動かしている。

「いつっていうか、もう大体お話ししましたけど。水口さんもみんなも、いま練習頑張っているし」

あたしが言うと、大垣さんはスマホの画面を指でなぞりながら、「じゃあ明後日の金曜日どう？　もちろん放課後」と、にこっとした。

「だからもう話すことは」

いらっとして言うと、大垣《おおがき》さんは「これあげる」と、いちご味のアメを二つ、机《つくえ》の上にのせて立ちあがった。

わいろにしてはしょぼすぎる。

「興味《きょうみ》があるのよ。その転校生の水口《みずぐち》さんが来てからのこと。そこ、結構《けっこう》重要なとこでしょ」

「……」

「じゃあ、金曜日お願いね。ああ、金曜は中谷《なかや》さんだけでいいよ」

「え、なんで？」

克哉《かつや》が言うと、大垣さんはにっこり笑って首をかしげた。

「えーっと、ほら蒼井《あおい》君は練習出たほうがいいでしょ、キャプテンなんだし。あんまり拘《こう》束《そく》しちゃ申し訳ないじゃない」

そう言って左手をひらひらさせながら、大垣さんは相談室を出ていった。

「……必要ないってことだよな、オレ。なんかビミョーに傷《きず》ついたかも」

あたしと克哉は同時にため息をついた。

「じゃあ体育倉庫の鍵《かぎ》とストップウォッチね。それと、昨日どうだった？」

翌朝《よくあさ》、職員室《しょくいんしつ》に行くと山中《やまなか》先生はどこかそわそわとした様子で言った。

「昨日って、取材のことですか？」

「うん、職員室にもどったらもう帰られたっていうから、大垣さん」

「普通《ふつう》です。30人に取り組んだきっかけとか、練習のこととか、聞かれたことに答えただけです」

あたしがそう言うと、先生はホッとしたようにうなずいた。

「明日の放課後《ほうかご》、またくるそうです」

「えっ、そうなの!?　うわーこれは本当に載《の》っちゃうかもなぁ。よし、じゃあ相談室使えるようにお願いしておくから」

職員室を出て校庭へ行くと、もう十数人が体育倉庫の前に集まっていた。

「おまたせー」

声をあげて駆《か》けていくと、向こうから可南子《かなこ》と雪美《ゆきみ》が走ってきてあたしの腕《うで》をつかんだ。

「なに、どうしたの？」

「いいから、ちょっと来て」

可南子《かなこ》がちらとふりかえりながらあたしの腕をひいた。

「あ、でも鍵《かぎ》」

体育倉庫の木札《きふだ》のついた鍵を見せると、雪美《ゆきみ》がそれをぱっとつかんで「竹野《たけの》ー」と声をはりあげた。竹野君がこっちを向くと、雪美は鍵をポーンと放り投げた。

ふわんと山なりに鍵が飛んでいく。竹野君はそれを目で追いながらひょろひょろと前に出てきたけれどキャッチしそこねた。

「わっ、へた！」

雪美は、校庭に落ちた鍵を拾う竹野君に向かって言うと、あたしの横に並《なら》んだ。

「ね、知ってる？」

右側から可南子があたしの顔をのぞきこんだ。

「知ってるって、なにを？」

あたしが言うと、ふたりは目くばせをしている。

なんか、嫌《いや》な感じ。

「だからぁ」

可南子は一度、体育倉庫のほうに目を動かして顔を寄《よ》せてきた。

「水口《みずぐち》さんのこと」

手のひらに汗《あせ》がにじむ。

「水口さん、朝練の前に蒼井《あおい》君と走ってるんだって」

「あ、ああ、うん」

「えっ、琴海《ことみ》、知ってたの？」

「いいの？」

雪美が驚《おどろ》いたように声をあげ、可南子があたしを見た。

「いいのって」

あたしは明らかに動揺《どうよう》した。思わず目をそらす。可南子はふーんと言いながら、地面をつま先で数回こすった。

「なんかさ、水口さんって、うざくない？」

どきっとした。

「琴海《ことみ》はいつもかばってあげてるけどさぁ、あの子、けっこーしたたかだと思うよ」

「だよねー、蒼井《あおい》君つきあわせちゃってさ。自分は特別だって思ってるんじゃない!?」

雪美《ゆきみ》がそういう横で、可南子《かなこ》は大きくうなずいている。

「だいたいなんであんなにノロいの？　あれ、わざとだよ絶対《ぜったい》」

違《ちが》う。わざとなんかじゃないってことは見ていればわかる。そんなことは可南子も雪美もわかってるはずだ。

こんなふうに言うのは、やきもちを焼いているだけ。水口《みずぐち》さんのことがうらやましいだけ。嫉妬《しっと》しているだけ。ただの悪口だ。

わかっているのに、ふたりのことばが心地よかった。

もっと言ってほしい。

もっともっと、水口さんのことを、ひどい子だってののしってほしい。

なのに……。

「そんなこと、ないと思うよ」

あたしの口からは、正論《せいろん》がこぼれた。

「でた！　琴海のいい人発言！」

雪美が言うと可南子はぷっと笑って、それからまじまじとあたしを見た。

「いい人やるのもいいけどさ、都合のいい人になったらヒサンだよ」

そう言って、「行こ」っと可南子は踵《きびす》をかえした。

金曜日
「中谷《なかや》さん、中谷さん」

ふり向くと、水口さんがビーカーを持ったままあたしを見あげていた。

教室ではあちこちで「おー」とか「すげー」とか声があがってる。

理科の実験ではいつもこうだ。

「ごめん、炭酸水を入れるんだよね」

「うん」

石灰水《せっかいすい》の入ったビーカーに、炭酸《たんさん》水を入れる。と一瞬《いっしゅん》で白く濁《にご》った。水口さんはプリントに書いてある二酸化炭素《にさんかたんそ》のカッコに○をして、上目づかいであたしを見た。

「中谷《なかや》さん、大丈夫《だいじょうぶ》？」

声に出さずに、んっ、と首をかしげると、水口《みずぐち》さんは息を飲むようにしてあたしを見た。

「なんか……。朝もちょっとおかしかったから。具合でも悪いのかなって」

「べつに。元気だけど」

水口さんは、じっとあたしの目を見た。

チワワだ。水口さんはチワワに似《に》てる。黒目が大きくてクリッとしているところも、細くて小さいところも、寒いのかなんなのか、気づくとプルプルふるえているところも、そっくりだ。

ぼーっとそんなことを考えていると、水口さんが口を開いた。

「本当に？」

「しつこいな、なんでもないって言ってるでしょ」

思わず声がとがった。水口さんはびくんとして視線《しせん》を落とした。

「あ、ごめん。でもホント、なんでもないから」

「うん。でもし」

とん、とビーカーを机《つくえ》の上に置いた。白く濁《にご》った液体《えきたい》がたぷんと一度、大きく波打つ。

いい加減《かげん》にして。どうしてあたしが水口さんに心配されなきゃいけないの？

「やっぱり保健室《ほけんしつ》に行ってくるね」

教室を出て、大きく息をした。

なにやってんだろう。みっともない。いつもみたいににっこり笑って、「ありがとう」「大丈夫《だいじょうぶ》だよ」って言えばすんだはずなのに。むきになって、いらついて、あんなに嫌《いや》な態度《たいど》をとってしまった。

なんであたしは、こんなふうになっちゃったんだろう。

階段《かいだん》を下りかけたところで六時間目が終わるチャイムが鳴った。

保健室からもどってくると、もう帰りの会は終わっていた。夕練に出る子たちはもう大半が体育館へ行ってしまったようで、教室には数人しかいなかった。

「琴海《ことみ》、大丈夫？」

「言ってくれたらつきそったのにー」

掲示物《けいじぶつ》を貼《は》りかえていたまさちゃんたち女子三人がパタパタと寄《よ》ってきた。

あたしは舌《した》をのぞかせて「ごめん」と苦笑した。

「もう大丈夫」

「練習はどうする？　ムリしないほうがいいよ」

まさちゃんは画びょうのケースを持ったまま、あたしの机《つくえ》の横にしゃがんだ。

「練習は休む。っていうか、今日もこの間の記者さんが来るから、どっちにしても出られないんだ。校庭に出るとき、体育館の電気消すの忘《わす》れないようにって、竹野《たけの》君に言ってくれる？」

「オッケー、あたしたちもチェックするようにするね。あ、でも蒼井《あおい》君、もう練習行っちゃったんじゃない？」

まさちゃんのとなりで田中《たなか》さんが目を見開いた。

「克哉《かつや》はいいの、今日はあたしだけ。ほら、克哉はキャプテンだから練習を優先《ゆうせん》してってことみたい」

あたしは笑顔を作ってうなずいた。

帰りの支度《したく》をして相談室へ行くと、もう大垣《おおがき》さんは来ていた。窓《まど》にもたれるようにして校庭をながめている。

「遅《おそ》くなってすみません」

「あ、ううん」

「なにか、おもしろいものでもありますか？」

となりに並《なら》んで校庭に目をやった。ランドセルを背負《せお》った四、五年生がぱらぱらと校門目指して校庭を歩いている。

「銀杏《いちょう》がきれいだなと思ってね」

「くさいですけど」

大垣さんは笑みを浮《う》かべてあたしを見た。

「あの匂《にお》い、動物に食べられないためなんだって。自分で自分を守ってるんだね」

自分を、守る……。

あたしは、あたしを守るために、うそをつく。

——いい人やるのもいいけどさ、都合のいい人になったらヒサンだよ。

そう言ったときの可南子《かなこ》の顔を思いだした。

あたしは、べつにいい人なんかじゃない。いい人ぶったわけでもない。ただ、あのときほんの少しでもふたりに同調したら、あたしは可南子や雪美《ゆきみ》の二倍も三倍も十倍も、水口《みずぐち》さんの悪口を言ってしまっていたと思う。言った直後はすっきりするけれど、きっとそのあとで後悔《こうかい》する。

あたしが言った悪口を克哉《かつや》に知られたらどうしようって。

克哉に軽蔑《けいべつ》される。

それだけは絶対嫌《いや》だ。

「中谷《なかや》さん？」

「あ、いえすみません」

大垣さんはイスをひいた。

「じゃあこのあいだの続き。転校してきた水口さんのところからだったよね」

「はい。水口さん、すごく走るのが遅《おそ》くて。でも水口さんをせめても仕方がないって、みんなわかってたんです。練習だって頑張《がんば》っているし。でもやっぱり自然とテンション下がっちゃって。そうしたら克哉が、水口さんの特訓《とっくん》をはじめたんです」

克哉は朝も昼も夕方も、別メニューの水口さんにつきっきりになった。しかもスパルタ。水口さんは完全にビビッてるし、このままじゃ「やめる」って言うんじゃないかって本気で心配した。

でも、特訓がはじまって二週間もすると、水口さんの雰囲気《ふんいき》はかわってきた。立っているときも、座《すわ》っているときも背筋《せすじ》が伸《の》びてる。走る姿も、これまでは足だけでバタバタやっていたのに、ちゃんと姿勢《しせい》を崩《くず》さないで上半身を前に倒《たお》してる。

からだを倒すと自然と足が出て、その足に体重をのせていくと速く走れる。無駄《むだ》な力を使わないから、力まずに勢《いきお》いにのることができるんだ、って克哉が言ってた。

水口さんは腕《うで》も力まず、自然にふれていて、足もよくあがるようになった。

タイムはなかなか思うようには縮《ちぢ》んでいなかったけど、克哉はいらついたり不安そうな顔をすることはなかった。

「この間《あいだ》、二週間ぶりに全員で走りました」

「結果は？」

「途中《とちゅう》で転倒《てんとう》でした」

「そう……、水口《みずぐち》さんも、ううん、みんなもショックだったでしょうね。それだけ練習していたんだから」

「……はい」

うそだ。あたしは転倒した瞬間《しゅんかん》ホッとしていた。

ずっと、大会に出たくて、優勝《ゆうしょう》したくて、〇・一秒でもタイムを縮《ちぢ》めたいと思ってきたのに、あのときあたしは、祈《いの》ったんだ。


——水口さんがついてこれませんように。

——転倒しますように。

——この30人が失敗しますように。

――水口さんが克哉《かつや》の期待に応《こた》えられませんように……って。

地面に手をついて、残念そうなふりをして、水口さんに大丈夫だよって言ってはげますふりをして、安堵《あんど》してた。心が笑ってた。

もう頑張《がんば》らなくていい。嫌《いや》だって言えばいい。ムリだって泣けばいい。

そうしたら克哉もあきらめるから。

「でも」

あたしはスーッと息を吸《す》った。

「泣きそうになってる水口さんを、克哉は怒鳴《どな》ったんです。そうしたら水口さんが言いかえして」

「やるね」

大垣《おおがき》さんはおかしそうに言ったけど、ちっとも笑える話じゃなかった。その場にいた、克哉も、あたしも、まわりのみんなも、水口さんが言いかえしたことにも、大声を出したことにも驚《おどろ》いた。

「水口《みずぐち》さんは、自分がみんなに迷惑《めいわく》をかけていることくらいわかってるって。足手まといになりたくないとか、頑張《がんば》ってるとかいろいろ言って、最後の最後、ムリなの！　って叫《さけ》んだんです」

顔が真っ赤だった。あたしたちはあたしたちが思っているより、水口さんのことを追い詰《つ》めていたんだって気がついた。

「だれもなにも言えませんでした。そうしたら克哉《かつや》が水口さんの腕《うで》をつかんでスタートラインまでひっぱっていったんです。それでタイム計ってって」

「タイム？」

なにをするのか本当に意味がわからなかった。わからないのに、克哉の勢《いきお》いに押《お》されて、あたしはストップウォッチを手にゴールラインのところまで走った。

克哉は足ひもを克哉と水口さんの足に巻《ま》いた。水口さんもあきらかに戸惑《とまど》っていたけど、克哉がなにか話しかけると、ぎこちなくうなずいて前を向いた。

「イチニツイテ　ヨーイ　ドン」

スタートの合図と同時に二人が飛びだした。

背《せ》の高さもうんとちがって、でこぼこなのに二人は一つの固まりみたいに真っすぐ、真っすぐ、あたしの目の前を駆《か》けぬけた。

あたしがタイムを叫《さけ》んだとき、克哉はちょんと右手をあげた。

30人をやっていて克哉を一番怒《おこ》らせるのも水口さんだけど、一番喜ばせるのも、水口さんだ。


「水口さんは克哉と九・五〇秒で走ったんです」

「蒼井《あおい》君はわかっていたんだね、きっと」

「……」

わかっていたかは、わからない。でも、信じていた。克哉は水口さんのことを信じていたから、だからあんなふうに怒って……。

水口さんはそれにちゃんと応《こた》えてる。水口さんも、克哉を信じてるんだ。

ダメだな。

あたしはうわっつらばっかりだ。聞こえのいいことばかり言って、でも、だれも、なんにも信じてなんていなくって。

それってたぶん、あたしもだれからも信じられていないってことだと思う。

だから、ずっと気づかないふりをしていた。適当《てきとう》にはぐらかして、目をそらして、自分の思いに気づかないふりをして。

あたし、痛《いた》すぎる。

「ここまでです。水口《みずぐち》さんが九・五〇秒で走ってから、みんなの気持ちも確実《かくじつ》にかわりました」

大垣《おおがき》さんは、うなずきながら静《しず》かに息をついた。

「中谷《なかや》さんは？　いま楽しい？」

「へっ？」

「話を聞いていたら、ちょっと辛《つら》そうかなって」

「そんなこと……」

「中谷さんって、不器用なんだろうね」

なんで、なんでこの人にそんなことを言われなきゃいけないの？

「あの、自分で言うのもなんですけど、あたしけっこう要領《ようりょう》いいんです。なんだってそこそこできちゃうし」

思わず言いかえすと、大垣さんはやわらかく笑った。

「中谷さんはしっかりしているし、なんだってできると思う。不器用っていうのは自分に対してっていう意味」

「大垣さん、あたしのことなんにも知らないじゃないですか。それなのに知ってる風なこと言われたくありません」

「そう、だよね」

大垣さんは人さし指を唇《くちびる》に軽くあてて首をかしげた。

「なんていうか、中谷さんって昔のわたしと似《に》てるなって。わたしもこう見えて子どものころはすごくしっかりしてて、クラスのまとめ役でね。自分がいないとクラスは回らないってくらいに思ってた」

「すごい自信ですね」

大垣《おおがき》さんは苦笑してつづけた。

「わたし、六年生のときに一週間くらい入院したの。ちょうど合唱会の練習がはじまるころで、わたしは入院中も気になって仕方がなかった。早く退院して、練習しなきゃって。わたしがいなかったらちゃんとすすまないだろう、みんな困《こま》ってるだろうって。でも、退《たい》院《いん》して学校へ行ったら、どんどん合唱会の練習は進んでいて、みんなすごく上手だった。指揮者《しきしゃ》の子が中心になって、パートごとの練習もそれぞれのリーダーがちゃんと仕切ってて」

夕練をサボった次の日のあたしと重なった。みんな、あたしがいなくて困っただろうなって思っていたのに、ぜんぜんちがってた。だれもなにも困ってなんていなかった。先生との連絡《れんらく》も雑事《ざつじ》もだれかが普通《ふつう》にやって、普通に練習をして、普通に流れていた。

机《つくえ》の下であたしはスカートをきゅっと握《にぎ》った。

「自分がいなくたってクラスはうまく回っていく。ううん、わたしがいるときより、クラスの雰囲気《ふんいき》はよくなってた。すごくショックで、恥《は》ずかしくて、自分がみじめで。あ、わたしが退院《たいいん》したことを喜んではくれたのよ、みんな。無視《むし》されたわけでもないし、仲間外れになったわけでもないの。でも、気づいちゃったのよね」

「なにが、ですか？」

「自分の痛さ、みたいなこと。ちょうどそのころ、父の転勤《てんきん》でひっこすことになってね。わたしにとっては好都合だったわけ」

「それで、なにかかわったんですか？」

「……そうだね、勘違《かんちが》いはしなくなったかな。でも、ずっと自分のことを好きになれなかった」

大垣さんは静《しず》かな目であたしを見た。

「あのときわたしは自分をごまかしちゃったから。傷《きず》ついても、恥《は》ずかしくても、ちゃんと向きあっていたら、きっとわたしは情《なさ》けない自分を〝しかたないねー〟って、なぐさめて、嫌《きら》いにはならなかったんじゃないかって」

あたしもごまかしている。自分の気持ちから目をそらして、でも、そらしきれなくて……。

30人31脚《きゃく》を提案《ていあん》したのは、走ることが好きだったからでも、クラス一丸《いちがん》となりたかったわけでもない。ただ、いつだったか30人31脚《きゃく》を見て、「これやってみたいな」って克哉《かつや》が言ったのを覚えてたから。あたしが30人を提案したら、克哉はきっと驚《おどろ》くだろう。それであたしたちは気があうな、似《に》てるなって思ってくれるんじゃないかって期待した。

あたしは克哉の一番近くにいたかった。克哉にとって特別な存在《そんざい》でいたかった。

ずっと、ずっと、ずっとずっと。

高い笑い声が校庭から聞こえた。イスをひいて窓際《まどぎわ》へ行くと、校庭には一輪車をしている低学年の子たちと、サッカーをしている男の子が数人いた。校庭開放にあそびに来た子たちだ。そのまわりを一組のみんなが走ったり、二人三脚をしたりしている。

あ、いた。

葉の落ちた桜《さくら》の木の下で、克哉はぐっと両手を空にあげて、からだを伸《の》ばしている。

気がつくと、あたしはいつも克哉の姿《すがた》を探《さが》している。

空にあげた両手をはなしたところで、克哉が顔をあげた。

それから、あげたままの右手を、あたしに向けて大きくふった。

あたしは、克哉のことが好きだ。

好き。大好き。

でも言えない。言わない。

臆病《おくびょう》で、意気地《いくじ》なしで、弱虫で、傷《きず》つきやすくて、傷つくことがこわくて、不器用で……。それが本当のあたしだ。だけど、ううん、だからあたしは、あたしにできることをやろう。だれかをねたんだり、嫉妬《しっと》するんじゃなくて。

いまできるのは、いましたいのは、みんなと走ること。あきらめないで最後まで。

あたしは、あたしのために走る。

「辛《つら》いときもあります。いっぱい。でも最後に笑えるように、やってよかったって本気で思えるように頑張《がんば》ろうと思います」

そう、と大垣《おおがき》さんがうなずいた。

窓《まど》を開けると、校庭からみんなの足音が聞こえた。

「あたし、練習行きます」

「頑張ってね」

「はい」

ランドセルをつかんで、あたしは勢《いきお》いよく相談室のドアを開けた。

第3章 Episode 3

キャプテンの秘めごと
蒼井京哉

うっ、思わず顔をしかめた。

右足に力を入れると、ずくっと鈍《にぶ》い痛《いた》みが走る。

マジかよ。

足首に手をあてると、あきらかにいつもと違《ちが》っていた。くるぶしのあたりが奇妙《きみょう》にもりあがって、熱を持っている。

台所にかけてあるカレンダーを見て、唇《くちびる》を噛《か》んだ。

大会まで、あと五日。って、間《ま》が悪すぎるだろ。ここまできて捻挫《ねんざ》？　はっ？　ない、ぜってーない。ありえねーし。

とにかく氷だ。捻挫はとにかくアイシングをして、患部《かんぶ》に負担《ふたん》をかけないようにするしかないのだと、前に捻挫をしたとき接骨院《せっこついん》の先生に言われた。

くるぶしの上に、氷《ひょう》のうをあてながら窓《まど》の外を見た。まだ暗い。

ジョグ、行かなかったら心配すんだろうな、水口《みずぐち》。といってこの状態《じょうたい》で行くわけにもいかないし、電話番号も知らない。つーか、知ってたとしても朝の五時半に電話ってのはない。よっぽど家の人とも親しいならあれだけど。

……氷《ひょう》のうをあてたまま、受話器をあげた。

『もしもし』

よかった、中谷《なかや》の声だ。

「あ、オレ、蒼井《あおい》だけど」

『克哉《かつや》？』

「朝早くわりい」

『どうしたの？　なにかあった？』

中谷のあわてたような不安げな声に、電話ごしにかぶりをふった。

「そうじゃなくて」

反射的《はんしゃてき》に否定《ひてい》したオレの声に、中谷が息をついたのがわかった。

『朝っぱらからどうしたの？　こんな時間に電話が鳴るからびっくりしたんだから』

「こえー声出すなよ」

思わず笑うと、『うるさい』と一蹴《いっしゅう》された。

ちょっと前まで、中谷《なかや》の様子がヘンで気になっていたけど、最近はいつもの中谷だ。気が強くて、面倒見《めんどうみ》がよくて、明るくて一生懸命《いっしょうけんめい》で、でも案外小さいことでうじうじ悩《なや》むようなところもあって。

『で、どうしたの』

「あ、ああそうだ、いまから森山《もりやま》公園行ってくんね？」

『いまから？』

「水口《みずぐち》、待ってると思うんだけど、オレ行けなくなっちゃって。あ、オレたち朝ジョグやってんだけどさ」

『……知ってるけど。なんであたしが』

あきらかにムッとした声がかえってきた。

そりゃあそうだ。こんな時間にかわりに行ってくれなんて言われたらだれだってムカつくと思う。だけど約束をすっぽかすっていうのは、どうにも気になってしかたがない。

「オレ行かないとずっと待ってそうじゃん、水口」

『ちょっと待ってこなかったら帰るよ。朝練だってあるんだし』

「いやでも、心配させたらわりーし」

『あたしにわざわざ行けってほうがずっと悪いと思うけどっ』

「それは、そうかもしんねえけど……、頼《たの》む！」

中谷のため息が受話器の向こうから聞こえた。

『しかたがないな。で、なんで克哉《かつや》は行けないの』

「えっ？　いや、ちょっと家のことがあって」

思わず口ごもりながら言うと、中谷は少し間をおいて、ふーんとだけ言って、電話を切った。

ホッとしてうっかり右足をつくと、鈍《にぶ》い痛《いた》みが走った。

居間《いま》をのぞくと、小さないびきをかきながら、とうさんがこたつのなかで眠《ねむ》っている。のんきに寝《ね》ているとうさんをにらみつけたけど、熟睡《じゅくすい》中のとうさんは痛くもかゆくもないはずだ。

捻挫《ねんざ》は、昨日遅《おそ》くに酔《よ》って帰ってきたとうさんを居間へ運ぼうとしたときにやった。バランスを崩《くず》してぎっと。あわててアイシングをして、湿布《しっぷ》を貼って寝たけれど、朝起きたらこのありさまだった。

みんなにあれだけ、ケガをしないように言っておいて、自分が捻挫《ねんざ》って……。

オレたちのチームは三十人。一人でも欠けたら大会には出られない。せっかくタイムもあがってきて、水口《みずぐち》も走れるようになったのに、オレが捻挫なんてシャレにならない。

顔をあげると、仏壇《ぶつだん》のなかに満面の笑みを浮かべたかあさんがいる。その笑顔に癒《いや》される日もあるけれど、いまは無性《むしょう》に腹《はら》が立つ。

ちっともおかしくなんてないし、うれしくもないよ、かあさん。

「ちゃんとしつけておいてくれよな、とうさんのこと」

写真に向かってつぶやいた。

そんなことを言われても、かあさんだっていまさら困《こま》るだけだろうけど。

線香《せんこう》に火をつける。たゆたゆとのぼっていく煙《けむり》を見つめながら、ため息をついた。

ピンポーン
ん？

時計に目をやると、六時半を過《す》ぎていた。いつの間にか窓《まど》の外が明るくなっている。

ピンポーン、ピンポーン、ピンポンピンポン
「はーい」

しつこいチャイムの音に、とんとんと左足で玄関《げんかん》に出る。ドアスコープからのぞくと、中谷《なかや》が立っていた。

げっ、思わずドアに背中《せなか》をつけて息を殺した。

ピンポーン
ピンポーン
仕方ない……。

カチャッと鍵《かぎ》を回すと同時にドアがひっぱられた。

「もー、すぐ出なよ！」

「わりいわりい」

オレはノブに手をあてたまま、ドアの正面に立った。立っているだけなら、捻挫《ねんざ》のことはバレない。

中谷《なかや》は部屋のなかをのぞくように顔を動かした。

「人んちじろじろ見んなって。つーか、なんの用だよ」

「あーっ、そんなことあたしに言っていいの？　わざわざ公園まで行ってあげたんだけど」

そうだった、そうでした……。

「べつに。サンキューな。水口《みずぐち》なんか言ってた？」

「さ、伝言だけして帰ろうと思ったのに、走るのつきあわされた」

「マジ？」

「マジ。水口さんって最近ちょっと押《お》しが強くなったよね」

中谷は肩《かた》をあげた。

「それはそうと、どうしたの？」

「へっ？」

「さっき家のことがあってって言ってたでしょ、電話で」

中谷はすっと腰《こし》をおろしてオレのわきから部屋のなかをのぞきこんだ。そのとき動きが止まって、そのまま顔をあげた。

「湿布《しっぷ》の匂《にお》い」

どくん、と心臓《しんぞう》がはねた。

「克哉《かつや》、どこかケガでもしたの？」

「……いや、その」

「克哉！」


「うそでしょ」

中谷はオレの足を見て絶句《ぜっく》した。

「大会までには治すから」

「あと五日だよ」

「治す。多少痛《いた》くても、テーピングをうまく巻《ま》けばいける」

「でも」

「大丈夫だって言ってんだろ」

「……なら、なんで隠《かく》そうとしたの!?」

中谷《なかや》の言うことはもっともだ。大丈夫なら隠《かく》すことなんてない。隠そうとしてしまったのは、自分でもまずいと思ったから……。

「べつに、隠したんじゃなくて、言わなかっただけだ」

「ばっかじゃないの！　それを隠すっていうの」

中谷がキレた。

「まずは接骨院《せっこついん》に行くこと」

「じゃあ、放課後《ほうかご》に」

「なに言ってんの、学校なんて遅刻《ちこく》すればいいでしょ」

「えっ、いいの？」

「よくないけど、緊急事態《きんきゅうじたい》なんだからいいの」

「いいんだ……」

「まったくもう、先生にはあたしから言っておくから」

「あのさ、みんなに心配させるよな」

「あったりまえでしょう！」

中谷はぎっとオレをにらんでため息をついた。

「みんなには、たいしたことないって言っておくから」

「あ、うん。なんか中谷って」

「なに!?」

「おかあさんみたいだな」

「……」

中谷は、んっと眉間《みけん》にしわをよせ、わずかに首をかしげた。

「ふあぁぁぁぁぁ」

奥《おく》から大きなあくびが聞こえて、とうさんが昨日から着たままのしわのよったスーツ姿《すがた》でぬぼっと居間《いま》から出てきた。

「おはようございます」

玄関先《げんかんさき》に座《すわ》っている中谷が挨拶《あいさつ》をすると、とうさんはびくっとして、それから「琴海《ことみ》ちゃんかぁ」とぼりぼり頭をかいた。

「とうさん、酒臭《くさ》いよ」

「悪い悪い、昨日は忘年会《ぼうねんかい》をかねた送別会でさ」

とうさんの不用意な発言にどきっとしたけど、中谷《なかや》はとくに疑問《ぎもん》を抱《いだ》く様子もなかった。

「じゃああたし、朝練行くから。克哉《かつや》はちゃんと接骨院《せっこついん》行ってきなよ」

「おう、みんなには大丈夫《だいじょうぶ》って言っといて」

「わかってる」

じゃあね、と中谷が出ていくと、とうさんがきょとんとした顔をしてオレを見た。

「接骨院って？」

「足ひねった。たぶん捻挫《ねんざ》だと思う」

氷《ひょう》のうをどかして足首を見せると、とうさんは渋《しぶ》い顔をした。

「気をつけろよ、大会もうすぐなんだろ」

「……」

オレは、ふっと鼻で笑った。

いまさらとうさんをせめてもしょうがないし、言ったことでへんに責任《せきにん》感じて落ちこまれても面倒《めんどう》だから言わないけどさ。とうさんはとうさんで、いま大変だってことはオレもわかってる。それにオレのことを考えてくれていることだって。

「今日も遅《おそ》くなる？」

「そうだなー、そこそこ。晩飯《ばんめし》だけど弁当《べんとう》でも買ってくれるか？」

「わかった」

「今週いっぱいのしんぼうだから。和歌山《わかやま》へ行ったら仕事もこんなに遅くなることないし」

とうさんはそう言ったけど、帰りが遅くなることくらいオレにはどうということはない。きついのは、ひっこしがくりあがったこと。それをみんなに隠《かく》してることだ。

卒業式のあとにひっこす予定が、急にかわった。

和歌山のばあちゃんちには、今度の日曜、大会の翌日《よくじつ》にこす。

二時間目の途中《とちゅう》で学校へ行くと、教室は空っぽだった。壁《かべ》に貼《は》ってある時間割《わり》を見て、そうか音楽の時間だったと一度廊下《ろうか》へ出て、教室にもどった。

いつもはうるさいくらいにぎやかな教室がしんとしている。ぐるっと教室中を見渡《みわた》して、自分の席について苦笑した。

なに感傷的《かんしょうてき》になってんだよ。べつにどうってことはない。あと三カ月もしたら全員がここを出て、新しい場所へ行く。オレはそれがちょっと早いだけだ。

六年間、ずっとかわらない顔ぶれのなかにいた。いいときもそうでないときもあったけど、なんやかやいいながら心地いい。ここから出るのは、みんなとはなれるのは、本音を言えばこわい。みんなといっしょに卒業したい。

だけど、思っていてもかなわないことがある。どんなに泣こうと、あらがおうとも、どうにもならないことがある。そのことはかあさんが死んだとき、身にしみて感じた。

絶対《ぜったい》、なんてものはない。

和歌山《わかやま》のばあちゃんちへひっこすことは、とうさんと何度も話しあって決めたことだ。

とうさんは昔から、ひとりで暮らしているばあちゃんのことを気にしていたし、実際《じっさい》にこれまでも何度か、「和歌山の家をひき払《はら》ってこっちに来ないか」と言っていた。そのたびに、ばあちゃんは「平気平気」と笑って、こっちにはじいちゃんの墓《はか》があるし、ご近所さんとも仲良くやっているからと言っていた。とうさんは渋っていたけれど、新聞のお悩み相談のコーナーに、〝住みなれた土地をはなれることは、高齢者《こうれいしゃ》にとってあまりプラスにはたらかない〟と書かれている記事を読んでからは、口にしなくなった。そもそも、ばーちゃんを呼《よ》ぶといっても、２ＬＤＫのこのマンションでは狭《せま》すぎる。

状況《じょうきょう》がかわったのは、今年の春だ。ばあちゃんにガンが見つかった。幸い、初期段階《だんかい》で発見できたことで、手術《しゅじゅつ》できれいにとることはできたけれど、これをきっかけに、とうさんは和歌山へ移《うつ》ることを決めた。時期は来年の春。つまりオレの卒業式のあとだ。

反対はしなかった。オレだってばあちゃんのことは心配だし、ここをはなれることにさみしさはあるけれど、駄々《だだ》をこねるのはみっともない。そんなことをしても、とうさんを困《こま》らせるだけで、状況がかわるわけでもない。それに中学校生活を新しい場所でスタートさせるということは、不安だけじゃなくて、どこか刺激的《しげきてき》にも感じていた。

でも、新しい生活への期待がもてたのは、ここでみんなと卒業できると思っていたからだ。

一カ月前、ばあちゃんは駅の階段《かいだん》から落ちて、腰の骨を折った。とうさんは仕事を休んで和歌山へ行き、もどってきたとき「できるだけ早くひっこしをする」と言った。相談ではなく、決定だった。

ばあちゃんはしばらく入院をすることになったけれど、その間は、完全看護《かんご》だから問題はない。着がえや必要なものは近所の仲のいいばあちゃん友だちが毎日持っていってくれるという。いくら仲がいいとはいえ、そこまで頼《たの》んでいいの？　と驚《おどろ》くと、とうさんは田舎《いなか》だからなぁと、苦笑した。ばあちゃんたちは日ごろから、なにかあったら、お互《たが》いに助けあおうと話していたんだという。準備《じゅんび》がいいね、とオレが言うと、とうさんは「一人暮《ぐ》らしの人も多いからな、それだけ深刻《しんこく》な問題ってことだよ」と真面目な顔をして言った。

問題は退院《たいいん》してからだ。退院後もしばらくは療養《りょうよう》が必要になるけれど、いくらなんでもそれを全面的にご近所さんに頼《たよ》るわけにはいかない。

ひっこしがくりあがったのは、そういうわけだ。

ばあちゃんの退院予定日は十二月の一週目あたり。それを考えると、十二月に入ったらすぐにひっこさないと間にあわない。

そう言ったとうさんに、オレは五日の大会が終わるまでは絶対《ぜったい》に嫌《いや》だと言った。言えばとうさんを困《こま》らせると思ったけれど、そこだけはゆずれなかった。

とうさんは病院側とも交渉《こうしょう》して退院を少し延《の》ばしてもらい、ひっこしは大会の翌日《よくじつ》になった。

転校することを知っているのは、担任《たんにん》の山《やま》センだけだ。うそをつくのがヘタそうな山センには本当は言いたくなかったけど、転校の手続きやらなんやらあって、言わないわけにはいかなかった。

「大会は絶対に出ます」とオレが言うと、山センは少しホッとした顔をして、「わかった」とうなずいた。そのあと「さみしくなるな」とぼそりと言った。

それって、オレに一番言っちゃいけないことばだよ、センセー。

あのときオレは、心のなかでつぶやいた。


「あー、なんだよ来てんじゃん」

教室のうしろのドアから門井《かどい》が入ってきた。

「足どう？」と言いながら、机《つくえ》に立てかけてある松葉杖《まつばづえ》を見てぎょっとした顔をした。

あまりにも予想通りの反応《はんのう》すぎる。

「捻挫《ねんざ》だって」

「なんだ、あせらせんなよ、足折れたのかと思った」

「これは、足に負担《ふたん》かけないようにって」

門井《かどい》は「そーなんだー」と、松葉杖《まつばづえ》を見つめるようにしてうなずいた。

「今日明日は練習もできないけど」

「それはしょうがないけど、二、三日で治るか？」

「治す」

オレが即答《そくとう》すると、門井はぷっと笑った。

「だよな。オレ、ホントはあんま、心配してなかったし」

「しろよ」

思わず苦笑する。

「だってさ、克哉《かつや》、骨《ほね》折れててもサッカーの試合出たことあんじゃん。あんときだって二点も決めたんだぜ」

そういえば、そんなことあったっけ。だけどあのとき骨折《こっせつ》していたのは足じゃない。手の指だ。

「門井」

「んー？」

門井は机のなかをのぞきこみながらのんきそうな声で答えた。

「練習頼《たの》むな」

「わかってるって。あっ、あった！」

門井は奥《おく》からリコーダーをひっぱりだした。

「行こうぜ」

「ああうん」

オレがリコーダーと教科書を取りだすと、門井は黙《だま》ってそれをつかんだ。

「そんぐらい持てんだけど」

「ま、いいじゃん」

心配してないなんて言って、こういう気づかいするんだよな。

門井の背中《せなか》を見ながら、松葉杖《まつばづえ》をついた。

「早く治せよなぁ」

「わかってるって」

「大会終わったらさ、サッカーとかバスケとか、いっぱいやろうぜ」

「なんだよいきなり」

「だって卒業したらもうできないじゃん」

一瞬《いっしゅん》ことばを噛《か》んで、門井《かどい》はふりかえった。

「えっと、ほら、中学行ったら部活とかあるだろうし」

「なんだよ」

オレはもう一回つぶやいた。


ジャングルジムの横にある銀杏《いちょう》がざわざわと葉音をたてる。

寒い。寒すぎる。

思わず首を縮《ちぢ》めたとき、ふと視線《しせん》を感じた。その視線に気づかぬふりをして、肩《かた》を回しながら、縮めた首をくいっと伸《の》ばした。

寒そうなそぶりでもしようものなら、中谷《なかや》に「ほらね、だから帰ればよかったんだよ」

と鼻で笑われるのがおちだ。

たしかにオレがいたってなんの役にも立たない。でも、帰る気にはどうしてもなれなかった。とはいえ、寒い。とりあえず上半身を動かしていると、益子《ますこ》たちがラインひきを出してきた。

放課後《ほうかご》は校庭開放があるから、六年だけが校庭を占領《せんりょう》するような練習は禁止《きんし》されていた。でも、中谷の交渉と、この間取材を受けた記事が『アドバルーン』に載《の》ったことで、学校側もどことなく協力的になった。で、大会直前の今日から四日間は校庭の全面使用の許可《きょか》が出た。といってもそれは五時からの三十分間だけの話だけど。

スタートとゴール位置に白い線がひかれると、校庭の真ん中でサッカーをしていた四、五年生も一輪車であそんでいた二年生も校庭の端《はし》へと移動していった。みんな興味《きょうみ》ありげに準備《じゅんび》を見ていると、山《やま》センが職員室から出てきた。

みんながぱらぱらとスタートラインに並《なら》ぶ。足ひもを巻《ま》き、腕《うで》を肩《かた》と腰《こし》に回して正面を見る。

こんな風に外から見たのは初めてだったけれど、なめらかで自然な動きだ。最初のころは、真っすぐ一列に並《なら》ぶだけでも時間がかかったんだよな。

「よーし、じゃあいこう！」

山《やま》センが言うと、左サイドから中谷《なかや》のよく通る声が響《ひび》いた。

「栗山《くりやま》小ー　六年一組ー」

「おー！」

みんなの声がこだまする。

校庭の空気がぴんとはる。

「イチニツイテ、ヨーイ」

ピッ

山センの吹《ふ》いたホイッスルと同時に飛びだした。

校庭の隅《すみ》で見ていた下級生たちは興奮《こうふん》したように、おー、とか、わーと声をあげ、ゴールすると盛大《せいだい》に拍手《はくしゅ》が起きた。

五回走って、五回とも九秒台が出ている。悪くはない。だけど、これまでの記録を見ると、毎年優勝チームは九・三〇秒を切っている。去年の優勝タイムは九・一八秒だ。うちは平均《へいきん》して九・四〇秒。短距離の場合、〇・一秒、〇・二秒を削《けず》っていくのは簡単《かんたん》なことじゃない。けど、それは個人の短距離走《たんきょりそう》の話で、30人の場合は修正《しゅうせい》ポイントさえ見つければ、そのくらいのタイムは簡単に縮《ちぢ》めることができる。

「じゃあ、ラスト行こう」

山センの声に、中谷が「ラスト一本！」と言うと、二十九人が「おー」とこたえる。

オレは朝礼台にあがってじっと見た。

ピッ！

ホイッスルの音と同時にダッと飛びだす。

「イチニイサンシイゴーロクシチハチ」

きれいに一列にそろってる。足がよくあがっている。

あ、右側の列がわずかに前へとふくらんだ、と思った瞬間《しゅんかん》、ピーッとホイッスルが鳴った。停止《ていし》の合図だ。列がゆがみ、左側の数名が転倒《てんとう》した。

あー、とため息のような落胆《らくたん》の声が校庭の真ん中でいくつもこぼれた。

「どんまい、どんまい！」

中谷《なかや》が立ちあがって、パンパンと手を打ち鳴らしているけれど、空気が重い。ここにきての転倒はさすがにへこむ。それはわかる。毎日一生懸命《いっしょうけんめい》にやってきたからなおさらだ。

顔をあげると、ゴールラインの前で中谷と沢村可南子《さわむらかなこ》たちがなにか言いあっている。そのまわりで門井《かどい》たちも険悪《けんあく》な雰囲気《ふんいき》を漂《ただよ》わせている。山《やま》センがそのうしろから、両手を小さく上下させて、収《おさ》めようとはしているけど、だれも見てない。

立てかけてある松葉杖《まつばづえ》をついてみんなのところへ行くと、ぱらぱらと数人がふりかえった。

空気おもっ！

「あのさ、今日ずっと見てて思ったんだけど、並《なら》びかたをかえたらもっと速く走れる気がすんだけど」

気持ちトーンをあげて言った。

「へっ？」

中谷が驚《おどろ》いた顔をした。

「そんなことしたって意味ないよ。大会までもう時間ないのに転倒《てんとう》だよ。こんなんで勝てるわけないし」

沢村が言うと、中谷がぎっとにらんだ。

「そういうモチベーション低いこと言ってたらいいタイムなんて出るわけないじゃん」

「だって本当のことだもん。いつも立派《りっぱ》なことばっかり言ってるけど、琴海《ことみ》だって優勝《ゆうしょう》とか、勝つとかムリだって思ってるんでしょ！」

「そんなことない。ムリって思ったらその瞬間《しゅんかん》からムリになっちゃうんだよ」

「だからー、そういうとこだよ。琴海ってきれいごとばっか。口だけじゃん。ぜんぜん説《せっ》得力《とくりょく》ないよ」

「そ、そんなことないよ」

水口《みずぐち》が門井のうしろから顔をだした。

「わたし、中谷さんは本気で言ってるって思ったし、わたしも同じことを思ってるし……」

勢《いきお》いよく言ったわりに、最後はなにを言ってるのか聞こえなかった。水口はそのまま顔を真っ赤にしてうつむいて、もう一言、ぼそっと言った。

「ムリでもムリすればムリじゃなくなることだってあるんだもん」

早口ことばかよ、思わず笑うと水口《みずぐち》と中谷《なかや》ににらまれた。

「ムリなものはムリだよ。だってついてこれない人がいるんだからどうしようもないじゃん。ねっ」

沢村《さわむら》といつもつるんでいる木下雪美《きのしたゆきみ》が唇《くちびる》をとがらせると、水口が唇を噛《か》んでうつむいた。

水口は自分で自分のことを遅《おそ》いと思いこんでる。いや、実際《じっさい》遅かったんだけど、人はかわる。よくも悪くもかわっていく。そのことに気がつかないから、いつまでも同じところをぐるぐるしてしまう。……つーか、いまの転倒《てんとう》は水口のせいじゃなかったし。

「ラストの一本、だれも遅《おく》れてなかったんだけど」

オレが言うと、水口はぴくっと肩《かた》をゆらして顔をあげた。

「じゃあなんで！」

沢村がキンとした声をあげる。

「速すぎるんだよ」

「だからそれは水口さんが遅《おそ》いってことでしょ」

「じゃなくて、水口はちゃんとそろってた。バランスが崩《くず》れたのは、沢村と門井《かどい》んとこ」

「えー、オレ!?」

こくんとうなずくと、門井は「マジかよー」とわめきながら両手を頭にあてた。沢村はムッとした顔で押《お》し黙《だま》っている。

「じゃあ二人がスピード落とせばいいってこと、だよね？」

中谷がオレを見て、それからすっとみんなに視線《しせん》を流した。

「オレいつもとおんなじに走ってたつもりなんだけど……」

門井がぼそっと言った。

それはそうだと思う。練習して速くなったのは水口だけじゃない。クラス全員が確実《かくじつ》に前より速くなっている。そのなかでももともと俊足《しゅんそく》だった門井と沢村は、無意識《むいしき》にみんなで走るときもスピードがあがってしまうんだ。

「だから、並《なら》びをかえればいいと思うんだ」

これまでの並《なら》びは、なんとなく男女交互《こうご》に身長順になっていた。そのほうが組みやすいし、バランスがとれるような気がしていた。けど、大事なのはそこじゃない。

「並び？」

「そっ。速いやつ同士が並んでると、お互いがひっぱりあってどうしても速くなっちゃうだろ。だから速いやつと遅《おそ》いやつを交互にすればバランスとれんじゃん」

「……そうかな。そんなに簡単《かんたん》なこと？」

中谷《なかや》が首をかしげる。

「簡単」

30人31脚《きゃく》はそもそも、三十人で五十メートルを走るというシンプルな競技《きょうぎ》だ。

「小難《こむずか》しく考えるより、大事なのはチームワークだと思う。っていったって、みんなの気持ちをひとつに、なんていう感覚的なもんじゃなくてさ、力をうまくひきだしたりフォローしあえる形を作るっていうか」

「それが並び？」

だれかの声に、こくりとうなずいた。

「速いやつと遅《おそ》いやつが並《なら》べば速いやつは遅いやつに合わせようとするし、遅いやつはひっぱられてスピードにのることができるだろ」

「逆《ぎゃく》になることもあるんじゃないの？　そしたらグダグダだよ」

沢村《さわむら》はぶすりと言った。

「まあ、それはそうだけどさ。でも……、オレたちならできる気がするんだ」

なつ、と見ると、沢村は驚《おどろ》いたように二度まばたきをした。

「可南子《かなこ》、やってみようよ。ねっ！　門井《かどい》も」

「オレはおまけかよ」

中谷のことばに門井は少し不満そうに言いながらもうなずいた。

翌日《よくじつ》、休息の意味も含《ふく》めて朝練も昼練も夕練も、基礎《きそ》トレーニングだけで解散《かいさん》して、オレと中谷とでフォーメーションの見直しをすることにした。

「これ、参考になるんじゃないかと思って」

そう言って中谷が開いたノートには、三十人分のタイムやら、毎日の練習メニューが書いてあって、そこにその日の課題《かだい》だとか目標が書いてあった。

「こんなのつけてたんだ」

「一応《いちおう》ね」

すげーなとページをめくっていると、ノートの上に影《かげ》ができた。顔をあげると、山《やま》センが興味深《きょうみ》そうにノートをながめている。

「うわっ」

オレたちが声をあげると、山センも「おおっ」とからだをそらした。

「先生、急にやめてよ」

中谷《なかや》がにらむと、山センは「ごめんごめん」とへらへらしながら、もう一度「これ、すごいな」とノートを見て言った。

「べつにたいしたことじゃないです。人に見せるために書いてたものじゃないし」

「いや、たいしたもんだよ。毎日ちゃんと記録をつけ続けてるってすごいことだろ」

ほめられて気をよくしたのか、中谷の口もとが心なしかゆるんでいる。

「なかなかできないんだよなー、先生なんて、日記だって三日も続かないし、夏にスポーツジムの会員になったんだけど、まだ四回しか行けてないし」

「……」

中谷の表情《ひょうじょう》が、真顔にもどった。

そりゃそうだ、山センの三日坊主《ぼうず》と比較《ひかく》されてほめられてもうれしくない。

「それよりフォーメーション考えようぜ。センセーじゃますんなよなー」

オレが言うと、山センは悪い悪いと席をはなれて、「帰るときは電気消すの忘《わす》れないようにな」と教室を出ていった。

ったく……。

「それで、どうするの？」

「ん、ああ」

ノートを見ると、九月から毎日記録がつけてある。

九月二日（水）　朝・昼・夕練実施《じっし》

・基礎《きそ》トレーニング

・朝　（ジョグ・校庭五周　なわとび五分　ももあげ三分
　ダッシュ五十メートル×二本　ハードル　二人三脚《きゃく》・校庭五周）
・昼　（ジョグ・校庭十周　なわとび五分　ももあげ三分
　ダッシュ五十メートル×二本　二人三脚・体育館）
・夕　（ジョグ・校庭十周　なわとび五分　ももあげ三分
　ハードル　ダッシュ五十メートル×二本　※五十メートル走タイム計測《けいそく》）

九月三日（木）　朝・昼・夕練実施
・基礎トレーニング
・朝　（ジョグ・校庭五周　なわとび五分　ももあげ三分
　ダッシュ五十メートル×二本　ハードル　二人三脚・校庭五周）
　30人タイムトライアル（初回・タイム／計測不能《ふのう》（転倒《てんとう》））
・昼　（ジョグ・校庭十周　なわとび五分　ももあげ三分
　ダッシュ五十メートル×二本　二人三脚・体育館）

・夕（ジョグ・校庭十周　なわとび五分　ももあげ三分
　ダッシュ五十メートル×二本　ハードル　二人三脚・校庭五周）
課題《かだい》／水口《みずぐち》さん（走力不足）

九月四日（金）朝・昼・夕練実施《じっし》
・基礎トレーニング
・朝（ジョグ・校庭五周　ハードル　三人四脚・校庭五周）
・30人タイムトライアル（三回）
タイム／一回目　計測不能《けいそくふのう》（転倒《てんとう》）
　　　　二回目　計測不能（転倒）
　　　　三回目　計測不能（転倒）
課題／水口さん（走力不足）
・昼（ジョグ・校庭十周　なわとび五分　ももあげ三分
　ダッシュ五十メートル×二本　三人四脚・体育館）

・夕　(ジョグ・校庭十周　なわとび五分　ももあげ三分
　　ダッシュ五十メートル×二本　ハードル　三人四脚《きゃく》・校庭五周)

このあとも延々《えんえん》と同じことが書いてある。時々、タイムのところに転倒《てんとう》のかわりに、十二・一五秒だとか、十三・〇九秒だとか、目をおおいたくなるようなタイムが書いてあるけれど、その課題《かだい》、というか原因《げんいん》はいつも同じだった。

課題／水口《みずぐち》さん(走力不足)

これがかわったのは、十月の半《なか》ばになってからだ。

十月二十日(火)　朝・昼・夕練実施《じっし》
・基礎《きそ》トレーニング
・朝　(ジョグ・校庭五周　ハードル　五人六脚・校庭五周)

30人タイムトライアル（三回　※二十九人参加）
タイム／一回目　10・19
　　　　二回目　10・25
　　　　三回目　10・09
※別メニュー　水口さん
・昼（ジョグ・校庭十周　なわとび五分　ももあげ三分
　ダッシュ五十メートル×二本　三人四脚《きゃく》・体育館）
・夕（ジョグ・校庭十周　なわとび五分　ももあげ三分
　ダッシュ五十メートル×二本　ハードル　三人四脚・校庭五周）

十一月に入って、別メニューで練習していた水口も30人に加わった。三十人で走っても十秒台が出るようになって、タイムはじわじわ縮《ちぢ》んでいった。

同時に個別《こべつ》のタイムを見ると、もともとがひどすぎた水口ほどの変化ではないにしろ、全員が確実《かくじつ》にタイムをあげている。なかでもめだつのは門井《かどい》と沢村《さわむら》だ。

「これ、見てみろよ」

オレはノートをめくりながら、指差した。

「すごい、一秒も縮んでる」

「だろ」

九月の最初に計ったとき、門井《かどい》は八・四秒で先週のタイムは七・五秒。沢村《さわむら》にいたっては九・〇秒から七・九秒と一秒以上速くなっている。

「本人はこれまでと同じように30人を走っているつもりでも、スピードがからだに残ってると思うんだ。速くなっているふたりが並《なら》んでるからなおさら。お互《たが》いに気づかないまま速くなってんだよな」

中谷《なかや》はうなずきながら顔をあげた。

「じゃあ門井と可南子《かなこ》をはなせばいいってことか」

「そんだけじゃなくて、全体に入れかえたほうがいいと思うんだ。30人ってチームプレーだろ、その〝チームで〟ってのをもっといかすっていうか。つまり、速いやつが遅《おそ》いやつをひっぱっていく形」

「ひっぱっていく……。あ、克哉《かつや》が水口《みずぐち》さんと二人三脚《きゃく》したときみたいに」

「まぁ、そんな感じ」

オレが言うと、中谷はじっとオレの顔を見た。

「なんだよ」

中谷はすっと息を吸《す》って、ため息をつくようにゆっくり息をした。

「克哉、考えてるんだね」

「……なんも考えてないと思ったのかよ」

「うん」

中谷はにっこり笑った。


シャーペンを置いて、中谷が顔をあげた。オレは消しあとがいくつも残っているノートをこっちに向けて、もう一度まじまじと見た。

中央にタイム差のある九人を交互《こうご》に配置し、そのサイドにタイム差の少ない十人と十一人を身長にあわせてそれぞれ置いた。

サイドのメンバーは八秒台半ば。走力に不安はない。となりになる相手がかわっても二、三度走れば調整できるはずだ。問題は中央の九人。門井《かどい》、中谷《なかや》、益子《ますこ》、沢村《さわむら》、オレのあいだに、タイムの遅《おそ》い水口《みずぐち》、竹野《たけの》、鈴木《すずき》、林《はやし》の四人を入れる。この四人をとなりに並《なら》ぶオレたちがひっぱりあげていく。

四人の個々《ここ》のタイムは九秒台半《なか》ばだけれど、スピードにのせればもっといける。

「このフォーメーションなら出ると思う」

「えっ？」

「九・一八秒」

九・一八秒、去年の優勝《ゆうしょう》タイムだ。

「克哉《かつや》」

「なんだよ、ムリとか言うなよな」

中谷はじっとオレを見た。

「言わないよ。けど、足、治してよね」

「……」

そうだ、そうだった。なにがなんでも治さないと。

「でもまあ、フォーメーションの見直しができたんだもん、克哉の捻挫《ねんざ》もムダだけじゃなかったってことだね」

中谷はそう言って、松葉杖《まつばづえ》をオレに向けた。


「お大事に」

先生の声に応《こた》えず、接骨院《せっこついん》を出た。軽く右足を動かして唇《くちびる》を噛《か》んだ。

――ダメダメ、ちゃんと治さないと、くせになるからね。今は運動はダメ。

明日練習をしたいからテーピングを巻《ま》いてほしいと言ったら、先生は眉間《みけん》にしわを寄《よ》せて言った。

一昨日《おととい》は二、三日様子を見ようって言ったじゃないかと食ってかかると、まだ腫《は》れがひいてないし、それに痛《いた》いだろと、あきれた声を出した。

痛くないと言うと、先生は今度は黙《だま》って大きな手で足を動かした。

「つっ」

思わず声がもれた。

——大会まであと二日だろ。いま練習したら悪化して大会は確実《かくじつ》に出られないよ。

だけど、と言うと先生はかぶりをふった。

——言うこと聞かずに練習したら、もう診《み》ないよ。

今日、新しいフォーメーションで練習をした。とりあえず右サイド十人、左サイド十一人、真ん中八人の三グループにわかれて走ってみた。予想通り、両サイドは二回目には危《あぶ》なげなく走り切っていたけれど、真ん中のグループは苦戦した。

速いやつが遅《おそ》いやつをひっぱっていく。ことばで言うのは簡単《かんたん》だけど、実際《じっさい》にやってみるとバタバタだった。うまくいかないとなると、速いやつは遅いやつに合わせようとする。スピードを落とそうと意識《いしき》するから、必要以上にスピードを殺して無残なタイムになる。もっともオレが練習に入っていないから、ひっぱる力が一人分足りないことも大きい。

まずいな、とあせりはじめたとき、水口《みずぐち》がおずおずと言った。

「二人ずつ組んで練習したらどうかな」

いまさらそこから……と、ためらっていると、水口は中谷《なかや》たちに向かって続けた。

「蒼井《あおい》君と二人三脚《きゃく》したとき、いつもとスピードが全然違《ちが》ったの。ついていけないかと思ったけど、蒼井君にひっぱられて、気がついたら五十メートル走ってた」

「水口さんが走れるようになったのって、克哉《かつや》と二人三脚したあとからだもんね」

中谷が言うと、みんな顔を見あわせてうなずいた。

二人三脚を朝練、昼練とくりかえして、夕練の最後に一本だけ、八人で五十メートルを走った。

まだあぶなっかしさはあるけれど、タイムは朝計ったときより〇・九秒縮《ちぢ》んだ。

何カ月も練習を重ねてきて、全員それなりに力はついている。それでもフォーメーションがかわれば、なれるための練習が必要だ。となりのやつとの呼吸《こきゅう》、歩幅《ほはば》、足をあげる角度は何度かやってみないとつかめない。ぶっつけ本番なんてムリだ。

右足をついて歩いてみた。痛《いた》みはある。でも一昨日よりはマシになっている。

一度でもいいからあわせてみたい。

ぐっと松葉杖《まつばづえ》を握《にぎ》った。

目覚まし時計の音で目が覚めた。布団《ふとん》のなかでそっと右足を動かしてみる。捻挫《ねんざ》してから毎朝のことだ。

ん？　もう一度つま先を上下させてみる。

痛《いた》くない？

今度は左へ動かす。多少の違和感《いわかん》はあるものの、昨日まではかなり違《ちが》う。治った？

ベッドから起きあがって床《ゆか》に足をついた。よし、と右足をついて立ちあがってみると、痛《いた》みが走った。

治ったわけじゃない。でも、昨日とは比《くら》べものにならないほど良くなっている気がする。

これなら練習に出たって。

――言うこと聞かずに練習したら、もう診《み》ないよ。

うるせーよ。できるかできないかは自分が一番わかるんだ。それに、このまま一度もあわせないで大会に出て、それで失敗したら。

そんなの絶対嫌《ぜったいいや》だ。

カーテンを開ける。暗い通りに街灯《がいとう》がついている。窓《まど》を開けると、空にうっすら月が見えた。

「克哉《かつや》ー、これ忘れてるぞー」

マンションを出たところで顔をあげると、玄関《げんかん》前の廊下《ろうか》でとうさんが松葉杖《まつばづえ》を持ちあげている。

「いんなーい、もー大丈夫《だいじょうぶ》！」

軽く右足を上下させると、「ムリするなよー」と、とうさんは松葉杖をゆらした。

ムリするな、か、みんなそう言うんだよな。

だけど、ムリってするもんだろ。オレはずっとそうしてきたつもりだ。ムリをしたってできないこともある。でも、だからできたこともたくさんある。

かあさんが死んだときだってそうだ。今だって。転校なんてしたくない。春までここにいたい。思いっきり門井《かどい》たちとバスケもサッカーもしたい。ここでみんなと卒業したい。

けど、それはできないってわかってるから、言わないだけだ。

ムリしてるよ。とうさん、オレはずっと。

通用門を入ったところで、うしろから小刻《こきざ》みな足音が聞こえた。この足音は水口《みずぐち》だ。一カ月くらいだけど毎日いっしょに走っていたから、なんとなくわかるようになってしまった。

ふりかえりながら「水口さー」と言うと、水口は黒目がちな目を大きく見開いた。

「すごーい、蒼井《あおい》君って本当に耳いいね。あ、おはよう」

「耳がいいんじゃなくて、水口の足音がでかいだけ。力ぬいて走れって言ってんだろ」

「あ、そうだった」

しょうがねーなと校庭のほうに歩きだすと、水口はとなりに並《なら》んで、すっとオレを見あげた。

「蒼井君、なんで今日は松葉杖《まつばづえ》を使わないの？」

「へっ？」

「松葉杖《まつばづえ》」

水口がそう言ったところで、校庭から益子《ますこ》たちが駆《か》けてきた。松葉杖を使っていないオレを見ると、「あ、治ったんだ！」「よっしゃー！」とガッツポーズを決める。オレはそれに「まーな」と答えた。

「じゃあ、練習も出るよな」

「もち」

とうなずいたところに、中谷《なかや》が来た。

「なにさわいでんの？」

益子がニッと歯を見せて笑って、オレの足を指差した。

「えっ？」

「克哉《かつや》、練習出るって」

「……大丈夫なの？」

「大丈夫だからやるって言ってんだろ」

オレが言うと中谷は一瞬《いっしゅん》なにか言いかけて、息をついた。

「克哉《かつや》が、そう言うならいいけど。大会は明日なんだからね」

「わかってるって」

だから今日の練習は出なきゃいけない。出たいんだ。

中谷《なかや》は「鍵《かぎ》とってくる」と踵《きびす》をかえし、益子《ますこ》たちは腰《こし》に下げていた足ひもをぴゅっと抜《ぬ》くあそびをいきなりはじめて、校庭の真んなかへ駆《か》けていった。

「あいつらアホだな、練習前なのに」

「蒼井君《あおいくん》」

背中《せなか》からの細い声にふりかえると、水口《みずぐち》がオレを見あげていた。

「足、治ってないよね」

「はっ？」

「わたし、わかる」

「なに言ってんだよ」

「いつも蒼井君が走ってるのうしろから見てたから、わかる」

水口は両手をももの横でぎゅっと握《にぎ》っている。

「蒼井君、気づいてないかもしれないけど、右足かばってるもん。治ってないでしょ」

「こんくらいどうってことねーし。つーか、オレの実力だと多少ハンデあったくらいでちょうどいいんだよ」

思わずむきになって言っていると、後頭部《こうとうぶ》をぱこんと叩《たた》かれた。

「いてっ」

ふりかえると、中谷が腰《こし》に手をあてて立っていた。

「なにえらそうなこと言ってんの？　治ってもいないのに練習して、悪化したらどうするの？　明日になって〝走れません〟なんてシャレにならないんだけど」

「明日は足折れても出るから大丈夫《だいじょうぶ》」

あんたって……と、中谷がうなだれる横で、水口が顔をあげた。

「骨折《こっせつ》したら走れないよ」

「え、いや、オレはべつに骨折するって言ったわけじゃ」

「わたしね、机《つくえ》に足をぶつけて、小指の骨《ほね》を折っちゃったことあるの。すっごく痛《いた》いんだよ。ムリしたってムリできないレベルで、気合とか根性《こんじょう》なんかじゃ太刀《たち》打《う》ちできないんだから！」

「だからオレは」

「どうしたの？」

みんながパラパラと集まってきた。

「克哉《かつや》が今日の練習出るっていうからさ」

中谷《なかや》が言うと、「え、よかったじゃん」「もう治ったんだ」と、あかるい声があがった。

「ダメ！」

声のほうに視線《しせん》が集まる。

「蒼井《あおい》君は骨折れてないしひびも入ってないし大会に出るために練習も我慢《がまん》してたけどここでムリしちゃ絶対《ぜったい》ダメ」

水口《みずぐち》は一気に言って息を切らした。そのとなりで中谷がぽかんと口を開けている。で、急に笑いだした。

「水口さんって、すごい」

「えっ？」

水口の顔がきゅーっと赤くなったのを、中谷はやわらかな目で見て、それからくんとあごをあげた。

「あたしも今日の練習はしないほうがいいと思う」

「だけど」

「明日、全員そろって出るんでしょ。一人でも欠けたら、あたしたちはスタートラインに立てないんだよ。優勝《ゆうしょう》もなにもないんだから」

「わかってるよ。けど、一度もあわせないで本番ってこわすぎんだろ」

オレが言うと、門井《かどい》が不満そうに声をあげた。

「オレ、ぜんぜんこわくない。つーか、オレらそんなに信用ねーのかよって感じなんだけど」

「だなー」

益子《ますこ》がうなずく。

「ここで克哉が意地張《は》ったって、いいことないと思うよ。ぶっつけ本番でもいける。あたしたちなら大丈夫」

中谷《なかや》が「ね」と目をやると、水口《みずぐち》はこくこくうなずいた。

「ずっと練習してきたんだもん。蒼井《あおい》君、ムリでもムリするのは今日じゃなくて明日だよ」

「水口……」

「よーし、じゃあ練習はじめるよー」

いつもより一音高い、よく通る中谷の声が校庭に響《ひび》いた。

内側に布《ぬの》の下げてあるガラス戸をノックすると、すぐにドアが開いた。湿布《しっぷ》のにおいといっしょに、ざっくりとした紺《こん》色のセーターを着た先生が顔を出した。

「おはようございます」

「おはよう、いま準備《じゅんび》するからちょっとまってて」

先生はそう言うと施術室《せじゅつしつ》に入っていった。

待合室《まちあい》のイスに腰《こし》を下ろして、ぐるりと部屋のなかを見回していると、壁《かべ》にかかっている時計から、ポロロンとオルゴールの音がした。文字盤《ばん》の下からドレスを着た人形が出てきて、曲に合わせてくるくるくるくる回っている。

午前七時。

なんとなく落ち着かないのは、いつもと違《ちが》ってだれもいないから。

——明日の朝、テーピング巻《ま》いてあげるからおいで。

昨日の夕方、接骨院《せっこついん》へ行くと先生は治療《ちりょう》のあとそう言った。

「蒼井君どうぞー」

カーテンをめくってなかに入ると、白衣《はくい》姿《すがた》に着がえたいつもの先生が、一番手前のベッドを指差した。

「そこに座《すわ》って」

先生は「足、この角度のままね」と、右足首を九十度にしたままさわって、何度かうなずいた。

「だいぶよくなってるよ。自分でもわかるだろ」

「はい」

「テーピングで固定するから、かなり楽になると思うよ。でもこれは治っているわけじゃないからね。今日だけ、いいね」

「はい。あの先生」

先生はテーピングを縦《たて》に横にと複雑《ふくざつ》に巻《ま》きながら、「ん?」と言った。

「なんで、こんな時間にやってくれるんですか。診療《しんりょう》時間って九時からじゃ……」

先生はふっと笑って一度顔をあげた。

「最初に言っただろ、きみを大会に出せるようにぼくも努力するって」

そうだ、最初に来たとき大会の話をした。あのときオレは、絶対《ぜったい》に出るんだって必死で言った。もしもダメだと言われても出るつもりでいたけれど、そうしたら先生はため息をついて、松葉杖《まつばづえ》を持ってきた。大げさだから嫌《いや》だと言うと、「間にあわせたいなら言うことを聞け」と、静《しず》かな声でさとされた。そのあと、たしかにそう言った。

「よく我慢《がまん》したね。途中《とちゅう》で練習しちゃうんじゃないかと思ったけど、うん、よかった」

シュッ、シャク、足首のまわりに角度をかえたテーピングが巻かれていく。

「本当は、昨日練習に出るつもりでした」

先生が視線《しせん》だけちらとあげた。

「いきなり本番で失敗したくなかったし、みんなだって練習しなかったら不安だろうって思ったし」

「でも、約束守ったんだろ」

「みんなが」

「みんな？」

「クラスのみんなです。みんなが、大丈夫だって。オレ……、みんなのために、みんなに心配をかけたくないから練習したいとか言ってたけど、不安だったのはオレ自身だったんだなって」

「いいチームだね」

顔をあげて先生はニッと笑った。

「はい」

はい、そうです。

「よし、オッケー」

先生が足から手をはなした。

「歩いてみて」

そっと立ちあがると、大きく深呼吸《しんこきゅう》をして右足を出した。床《ゆか》についた右足に重心をかける。

「痛《いた》くない……、痛くないです！」

「だろ。わかってると思うけど、これは対処法《たいしょほう》だからね」

「はい。終わったらちゃんと治します」

先生はうんうんとうなずいて、ぽんと肩《かた》に手をあてた。

ゆるめていたスニーカーのひもをキュッと締《し》める。

「ありがとうございました」

接骨院《せっこついん》を出ると、冷たい風が足元から吹《ふ》きあげてきた。街路樹《がいろじゅ》の銀杏《いちょう》がざわざわと葉音をたてる。目を細めたまま顔をあげると、寒そうにふるえる木の葉の向こうに高い空が見えた。

八時三十分

「よーし、全員集合したなぁ」

山《やま》センが指を動かして、二列にならんだオレたちを数えた。そのまわりに、つきそいの数人のお母さんたちがいる。

「いよいよこの日がやってきました」

山センはそう言って背筋を伸《の》ばすと、いきなりオレたち一人ひとりの名前を呼《よ》びはじめた。

「会田《あいだ》さん、蒼井《あおい》君、石田《いしだ》君、遠藤《えんどう》さん、門井《かどい》君」

いったいなにがはじまったのかと、オレたちは顔を見あわせた。

「――矢部《やべ》さん、和田《わだ》君」

全員の名前を言い終わると、山センは声を詰まらせた。

「み、みんな、本当によく頑張《がんば》ったと先生は思います。毎日の練習も大変だったと思う。いいことばかりじゃなかったよな、思ったようなタイムが出ないときもあった。人数が足りなくて大会に出られないかもしれないというときもありました」

って、人数うんぬんは山センの責任《せきにん》なんだけどな……。

「そして大会直前にキャプテンである蒼井君の捻挫《ねんざ》」

となりで門井《かどい》がくっと笑った。

「たくさんの困難《こんなん》をのりこえて、きみたちは……いま、ここにいます」

中谷《なかや》が顔をしかめてふりかえった。

「先生、なに言ってんの？　こーいうことっていまじゃないよね、大会のあとだよね」

オレは肩《かた》をすくめて、なにげなく視線《しせん》を流すと、つきそいにきた沢村《さわむら》のかあちゃんたちが鼻をすすっていてぎょっとした。

「先生、そろそろ出発したほうがいいと思うんですけど」

いたたまれなくなったように中谷が声をかけると、山《やま》センはうんうんとうなずいた。

ようやく終わった。と安堵《あんど》した瞬間《しゅんかん》、山センと目があった。

なんだ、このとんでもなく嫌《いや》な予感は……。

「その前に、みんなに話しておきたいことがあります。みんなには言わないでほしいと言われて、先生悩《なや》みました。だけど言います」

へっ、まさか、うそだろ？

山センは息をついて、口を開いた。

「蒼井《あおい》君は今日で六年一組を去ります」

声が出なかった。言わない約束をしたのに、しかもいま？

みんなも固まっている。だれも動かない。ふりかえらない。声を発しない。

「さみしい気持ちはみんないっしょです。だから、」

「だからって、それなんだよ」

門井はとなりにいるオレじゃなくて、山センに言った。

「いや、ご家庭の事情《じじょう》があって、ひっこしが早く」

「じゃなくて！　なんで言うんだよ。言わないでくれって言ったんだろ、なのになんで言うんだよ」

語気を強める門井をオレはぼーっと見ていた。

「だ、だから、転校したあとで知ったらみんなショックだと……」

「あたりまえじゃん。そんなのショックに決まってるじゃん。だけど、あたしも違《ちが》うと思う」

中谷が言った。

「あたしも」

「オレもそう思う」

みんな、隠《かく》していたオレじゃなくて、山《やま》センに向かって声を荒《あら》げている。あんまりせめられすぎて、山センがかわいそうに思えてくる。

「克哉《かつや》が言わないでくれって言ったのは、最後までいつも通りでいたかったからじゃねーの？」

「だよな、うん」

門井《かどい》のことばに益子《ますこ》がうなずく。

山センの目が泳いでる。

悪い先生、じゃないんだよな。ただちょっとズレてるっていうか。

「わりぃ」

オレがぼそりと言うと、山センへの抗議《こうぎ》の声がやんだ。

「あったりまえじゃん。悪いに決まってんだろ、なんで黙《だま》ってたんだよ」

門井のゲンコツが、オレの腕《うで》をついた。

痛《いた》いのか、痛くないのかわからなかったけど、胸《むね》の奥《おく》がじくじくした。

ここにいたい。みんなと卒業して、同じ中学へ行って、まだまだここで、みんなといたかった。

転校のことを話したら、その瞬間《しゅんかん》から転校までのカウントダウンがはじまってしまう。言わなくたって、結果は同じことだけど、言わなければ、その日まで目をそらすことができるから。

のどの奥が熱くなる。

やめてくれよ、ここで泣いたりなんてしたくない。

視線《しせん》をあげて目を細めた。抜《ぬ》けるような濃《こ》い青空にすーっと一本、飛行機雲が伸《の》びている。

――泣きそうになったら空を見るんだよ

チビだったころ、泣きべそをかくたびに中谷《なかや》が言った。

オレはこれまで何回、空を見あげてきただろう。

ゆっくり息をついて、前を向いた。

「わりぃ、マジで。でも、だから、ぜってー勝つ。勝とうぜ、みんなで」

「克哉《かつや》」

中谷《なかや》が唇《くちびる》を噛《か》んでうなずいた。

「だな、勝とうぜ、ぜってー」

「勝とうね」

「いけるよ」

「よっしゃー」

声があがった。

前を見ると、山《やま》センがかわいそうなくらい小さくなっている。

「センセー、行こう！」

約束はまもんねーわ、言うタイミングは最悪だわ、どーしようもない。けど、山センがしゃべったことで、ほんの少し、からだが軽くなった。なにかが吹《ふ》っ切れた気がする。

「そ、それでは六年一組、行ってまいります」

山センが声をうらがえしながら親たちにあいさつをして、「出発」と歩きだした。

二十分ほどの距離《きょり》を歩いて市民体育館まで来ると、正面の広場でいくつかのチームがウォーミングアップをしていた。どのチームもやたらと速そうに見える。なかでも黄色いハチマキをしたチームに目を奪《うば》われた。二人一組になってかけ声をかけながら足踏《あしぶ》みをしている。ただそれだけなのに圧倒《あっとう》された。

「西小だね」

「中谷、知ってんの？」

「去年優勝《ゆうしょう》したとこだもん」

どうりで。

「今年も五年と六年の二チームがエントリーしてるけど、去年優勝したのは五年生のチーム。つまり、今年の六年生チームは、去年優勝したときのメンバーとほぼいっしょってことだよ」

「ほぼってなんだよ」

「西小《にし》は三年生以上は二クラスずつあるからね。でもエントリーしているのは、五年も六年も一チームずつ」

「選抜《せんばつ》ってことか」

「そういうこと」

去年優勝《ゆうしょう》したメンバーがさらにもう一年間練習を重ねてきてるってことだ。オレたちが本気で取り組んだのは今年の九月。練習量を考えただけでもその違《ちが》いは歴然《れきぜん》としてる。

「克哉《かつや》、びびったんじゃないでしょうね」

「んなわけねーだろ」

中谷《なかや》が疑《うたが》わしげに目を細める。

たしかに一瞬《いっしゅん》、いや二瞬くらいびびった。でもそんなことショボすぎて言えるわけがない。

おーい！　体育館の入口の前で益子《ますこ》が、早く来いよとばかりに手をバタバタ動かしている。オレは一度手をふりかえして中谷を見た。

「出せばいいんだろ、八秒台」

「えっ？　そんなタイム出したこと」

「今日出せばいいじゃん。つーか、それ最初の目標だし」

中谷はぽかんと口を開けて、まじまじとオレの顔を見て、それからふっと笑った。

「そうだね」


大会の会場は一階にある大体育館だ。

「栗山《くりやま》小です」

中谷が、スタッフと書かれた名札を首から下げている男の人に言うと、その人は手元のファイルにチェックを入れて、うしろから、プラカードを取りだした。プラカードには『栗山小学校　6年1組』と書いてある。

「じゃあメンバー確認《かくにん》をするんで、名前を呼《よ》ばれた人はゼッケンを取りにきてください。競技《きょうぎ》に参加できるのは、このゼッケンをつけている人だけですから、なくさないようにね。会田《あいだ》さーん、蒼井《あおい》さーん、石田《いしだ》さーん」

名前を呼ばれた順にゼッケンを受け取り、すばやく荷物を置いて三階にある小体育館でウォーミングアップをした。

30人のときオレの横は右が水口《みずぐち》で、左が竹野《たけの》だ。竹野は水口ほどの鈍足《どんそく》ではないけれど、走れるときとそうでないときの差が激しい。うまくスピードにのれれば、九秒台前半が出るけれど、のれなかったときは十秒台まで落ちる。竹野の場合は走力より勢《いきお》いが問題だから、オレと中谷《なかや》の間にいれればいけるはずだ。水口も想像《そうぞう》以上にタイムはあがったけれど、八秒台を目指すには走力がたりない。どうしたって両サイドで支《ささ》えて、押《お》しあげていく必要がある。水口の右どなりは益子《ますこ》だ。

「水口、益子、ちょっとあわせてみよう」

「うん」

「オッケー」

足ひもを巻《ま》いて、肩《かた》を組む。水口の腕《うで》が腰《こし》に回る。

「ここ三周してみよう。いくぞ」

となりで水口がうなずく。

「よーい」

すっと片方《かたほう》の足をひく。

「どん」

イチニイチニイチニ
テンポよく走りだす。

「もう少しあげるぞ」

二周目に入ったところで、気持ちスピードを速めたけれど、問題なく三周目も終えた。

九時四十分
全参加チームが大体育館の前に集まった。スタッフに指示《しじ》されて、エントリー順に各チーム一列に並《なら》ぶ。

「もうすぐ入場です。プラカードはキャプテンの子が持って入場してね」

まじっ？　プラカードを持つなんて、聞いてない。

「中谷」と声をかけたら、かわってくれと頼《たの》む前に「だめっ」と拒否《きょひ》られた。

スタッフの人が腕《うで》時計を見ながら、忙《いそが》しそうに大体育館を出入りしている。

と、なかから勢《いきお》いよくトランペットやトロンボーンの音色が響《ひび》いた。ワーグナーの「双《そう》頭《とう》の鷲《わし》の旗《はた》の下《もと》に」だ。スタッフのお姉さんが、ドアの手前で一チームずつなかに入るタイミングを指示《しじ》している。

最初に西小の六年チームが体育館に入って、アーチ形の入場ゲートをくぐった。

わーっという歓声《かんせい》と拍手《はくしゅ》で音楽が一瞬《いっしゅん》聞こえなくなる。続いて五年生チームが大きく腕をふって入っていく。

さっきまでふざけていたチームも、首を伸《の》ばして真剣な顔で体育館のなかをのぞいている。

みんな同じなんだ。どのチームも何カ月も練習してきた。うまくいかなくてやめたいと思ったり、苦しかったり、ケンカになったり、もめたり……。それでも続けてきた。くりかえしみんなで走って、ここにきたんだ。

プラカードをぎゅっと握《にぎ》った。

オレたちは七校十一チーム中十一番目に入場した。

試合は予選と本選の二段階《だんかい》にわかれている。予選では各チーム二本ずつ走り、いいほうのタイムで順位が決まる。そこで上位五チームが決勝へ進む。

決勝は一発勝負。予選の順位で五位からはじまって、一位で通過《つうか》したチームが最後に走る。

開会式はとくに面白いものではなかったけれど、さくさくと何人かの挨拶《あいさつ》が終わり、そのあとで走行順のあみだくじになった。

「一番だけはひくなよ」という声を背中《せなか》に受けながらひいた順番は、一番だった。

各チーム、いったん待機《たいき》場へもどっていくなか、走行順で三番目までのチームはそのまま残り、ウォーミングアップをはじめた。

「一番かぁ、なんか緊張《きんちょう》すんな」

門井《かどい》がため息まじりに言いながらアキレス腱《けん》を伸《の》ばしている。

「タイムアタックってあとに行くほうがいいタイム出すんだよね」

竹野《たけの》がいつもより顔色を白くしてつぶやき、「克哉《かつや》って昔からくじ運悪かったよね」と、中谷《なかや》は鼻で笑った。

悪かったなっ。オレだって、できるなら中盤《ちゅうばん》、体育館の空気があったまったところで、勢《いきお》いにのって走りたいと思ってた。けどひいちゃったものはしょうがないだろ。

オレはくんとあごをあげた。

「いきなり見せつけてやろうぜ」

なっ、と笑うと、みんなの表情《ひょうじょう》がふわっとやわらかくなった。

「だな、うん」

「びびらせてやろうぜ」

「やろうやろう」

「栗小《くりしょう》ー、気合入れてこー！」

中谷《なかや》が声をあげると、二階のスタンドから、わっと声援《せいえん》がわいた。

「え、うそ」

見あげると、『栗山小学校6年1組　―30人で走り抜《ぬ》け！―』と書かれた横断幕《おうだんまく》がゆれている。その向こうで、一年生から五年生まで何十人もが手をふっている。

こんなふうにみんなに応援《おうえん》してもらえるなんて思ってもいなかった。

驚《おどろ》いていると、山《やま》センが近づいてきた。

「六年生が毎日練習しているのを見てただろ。それで応援したいって、五年生たちが言いだしたんだって」

ピー！

ホイッスルの音が響《ひび》く。

『練習を終了《しゅうりょう》して、入場ゲートに集合してください』

アナウンスが流れた。

チームごとに一列になり、オレたち以外の二チームはうしろにさがった。

「チーム名を呼《よ》ばれたらスタートラインに並《なら》んでください。足ひもはスタート位置についてから。サポーターの着用はいまのうちにお願いします」

「なんか、緊張《きんちょう》する……」

オレの前に並《なら》んでいる水口《みずぐち》の声がかすかに聞こえた。見ると肩《かた》が小刻《こきざ》みにふるえている。

うしろでは竹野《たけの》がふーっと大きな息をついている。そのうしろで中谷も落ち着きなく上を見てなにかもごもご口を動かしている。

みんな、緊張《きんちょう》してる。そりゃあこんなにでかい会場で、観客《かんきゃく》もいて、おまけに下級生まで応援《おうえん》にきてるって、緊張するなっていうほうがムチャだ。よりによって一番目だし。

そのとき、ふらっと山《やま》センが前に出てきた。

「み、みんな、リラックスしていこうー」

その声に、だれかがぷっと笑った。ふっ、と空気が軽くなる。

「やだー、センセー声ふるえてるしぃ」

沢村《さわむら》の声に笑いがふくらんだ。

「先生が一番緊張してんじゃないの？」

「そりゃあ、するよ。でも大丈夫。みんなならできる。うん」

山センはそう言ってうなずいて、もう一つ言い忘《わす》れていたとオレたちをぐるっと見回した。

「ゴールマット」

「ゴールマットがなんですか？」

竹野《たけの》が山センのうしろで、せかすように言う。

「ほら、学校の練習ではマットは使ってなかっただろ」

本当は、ゴールラインの向こうに高跳《たかと》びなんかのときに使うマットを置くものらしい。スピードにのったままそこに倒《たお》れこむというのが、一番安全に止まる方法だ。とはいえ、学校にある高跳び用マットでは数が足りないし、限《かぎ》られた時間のなかではあまり準備《じゅんび》に時間をかけられない、というのもあって、練習ではマットを使ったことがない。

「いつもみたいに止まることなんて考えないで、思いっきり走り切ればいいから。そうしたら絶対《ぜったい》にいいタイムがでる！」

たしかにそうだ。全力で走っているつもりでも、無意識《むいしき》にゴール直前でブレーキをかけていたかもしれない。

「よし、山センの言うとおりやってみよう」

オレが言うと、山センは右手のこぶしを顔の横でぐんとゆらした。

ガサッ、とマイクが入る音が聞こえた。

『これより予選、タイムアタックをはじめます』

アナウンスが響《ひび》く。

観客席《かんきゃく》がわっともりあがった。

『第一走、栗山《くりやま》小学校六年一組』

「はいっ！」

みんなの声がそろった。

スタートラインに並《なら》び、足ひもを巻《ま》いた。

からだを起こして左右を見る。

腕《うで》を肩《かた》と腰《こし》に回して、一度唇《くちびる》をなめ、あごを気持ちあげて息を吸《す》った。

「気持ちをあわせて！　行くぞ！」

「おー！」

「絶対《ぜったい》勝つぞ！」

「おぉぉぉー」

スタート前のかけ声に、みんなが応《こた》える。歓声《かんせい》がわく。

スターターの右手がすっとあがると、潮《しお》がひくように拍手《はくしゅ》と声援《せいえん》がやんだ。

ぴん、と空気がはる。

どくどくどくどく
「イチニツイテ」

ざっ！

横一列に並《なら》んだ三十人が同時に片足《かたあし》を下げ、からだを低くする。

ぴたりと動きがとまる。

「ヨーイ」

全員の視線《しせん》が真っすぐ、前を見る。

バン！

ピストルの音に三十人がいっせいに飛びだした。

「イチニサンシゴーロクシチハチ！」

ダッダッダッダッダッダッダッダッ
かけ声と床《ゆか》を蹴《け》りだす足音。体育館が振動《しんどう》する。

スピードが加速する。

速い速い。

どっどっどっどっどっどっ

バフッ、ゴールマットに飛びこんだ。

一瞬《いっしゅん》の静寂《せいじゃく》のあと、わっと歓声《かんせい》があがった。

タイム、タイムは？

顔をあげる。

壁際《かべぎわ》にもうけられた本部横の電光掲示板《でんこうけいじばん》に数字が浮きあがる。

九・二二

「わー！」

スタンドからの歓声がひときわ大きくなる。

「やった！」

「オレらすげー」

「九・二二秒！」

ゴールマットの上でいくつもの声が興奮《こうふん》気味にあがり、起きあがりながら足ひもをはずした。

「整列」

中谷《なかや》が抑《おさ》え気味の声でまわりに声をかけている。

オレたちはゴールマットのうしろで一列に並《なら》んだ。

「ありがとうございましたっ」

「ありがとうございました！」

オレの声に、みんなの声が続く。

「やったね！」

「しゃー！」

体育館から出た瞬間《しゅんかん》、もう一度みんなが声をあげた。ハイタッチがあちこちで起きている。それに応《こた》えて手をあてながら、「トイレ行ってくる」とみんなの間をすり抜《ぬ》けた。

ばたん、と個室《こしつ》のドアを閉《し》めて息をつく。

テーピングの上から手をあてて唇《くちびる》を噛《か》んだ。三十メートルを過《す》ぎて加速したとき、ほんのわずかに水口《みずぐち》が遅《おく》れた。その次の一歩、足が床からはなれたとき、水口と結んでいる右足をぐんと前へと出した。

あのときだ。あの程度《ていど》の遅《おく》れなら充分《じゅうぶん》なタイムでゴールできた。あと二本あることを考えたらムリをするところじゃなかった。だけど、そんなこと考えるゆとりなんてなかった。

足をつくと、ひねりあげられるような痛《いた》みが走る。

頼《たの》むから、あと二本。

右足に手をあてた。

かしゃ、ドアをひいた瞬間《しゅんかん》、固まった。

目の前に、腰《こし》に手をあてて中谷《なかや》が立っている。

なんで、なんでここにいる？

思わずドアを閉めると、ドンとドアを叩《たた》く音が一度聞こえて、中谷の声がした。

「克哉《かつや》、出てきなさいよ！」

「ここ男子トイレだぞ」

「だから？」

「だからって」

「門井《かどい》が入口にいてくれるから大丈夫。っていうか、克哉が出てくればいいだけでしょ。

早くしてよ」

鍵《かぎ》を開けると、中谷と門井がオレの腕《うで》をひいた。

ロビーの端《はし》のベンチに座《すわ》ると、中谷はしゃがみこんで右足に手を伸《の》ばした。思わずその手を払《はら》いのけると中谷はため息をついた。

「足、痛《いた》いんでしょ」

「もともと治ってるわけじゃねーし、こんくらい大丈夫だって」

体育館のなかから、わーっと歓声《かんせい》が聞こえる。中谷が顔をあげて壁《かべ》を見つめた。廊下《ろうか》の向こうから、竹野《たけの》があわてたように走ってきた。

「西小、九・一九秒!」

門井がオレの肩をつかんだ。その指に力がこもっている。

「さすが前年度の優勝《ゆうしょう》チームだね」

中谷が声を抑《おさ》えて言うと、竹野がかぶりをふった。

「六年チームはこのあと。いまのは五年チーム」

オレたちは三人が三人とも、なにか言おうとしてそのままことばを飲みこんだ。

なかからパン！　とスタートの音が聞こえたと同時に、ダンダンダンダンダン！　と細かく刻《きざ》む足音が聞こえた。

速い。ぶれがない。音だけでわかる。一直線に三十人の壁《かべ》が走り抜《ぬ》けていく。

一瞬《いっしゅん》、体育館が静《しず》まりかえった。と、次の瞬間《しゅんかん》、どおぉぉ！　と声が響《ひび》いた。

オレたちは顔を見あわせた。

決勝に残れるのは五チームだ。

「とにかくアイシング」

氷《ひょう》のうに氷をガシガシ入れて、テーピングの上からあてた。

「二本目、どうする？」

中谷《なかや》がオレの前にしゃがみこんで顔をあげた。みんなも集まってきた。

「どうするってどういう意味だよ」

「一本目、九・二二秒だったからその記録で勝負することだってできると思う。まだ全チームのタイムは見てないけど、五位以内には入ってるはずだから」

「二本目は棄権《きけん》するって？」

「そう」

門井《かどい》と水口《みずぐち》が驚《おどろ》いたように中谷を見た。

「ぼくもそれ作戦としてアリだと思う」

「竹野《たけの》」

「ここでムリするより、決勝にかけたほうがいいんじゃない？」

おなじ学級委員長でも、中谷に比《くら》べて影《かげ》が薄《うす》いというか、あまり発言もしない竹野がこんなふうに言うなんて意外だった。でも、そういうことばだからこそ、どこか説得力もある。

「わかった。でも一本目で三位以内に入ってたらだ。そうじゃなかったらやる」

竹野が、うん、とうなずいたとき、廊下《ろうか》の向こうから小躍《こおど》りしそうな勢《いきお》いで山《やま》センが走ってきた。

「やったぞー、うちのチーム四位だ！」

…………。

「先生って、マジで間《ま》が悪いよね」

中谷《なかや》が薄《うす》く笑った。

西小六年　九・一一
西小五年　九・一九
第一小　九・二〇
栗山《くりやま》小　九・二三
小川小　九・二五

上位五チームはどこも九秒台前半で、六位、七位の記録を見ても九秒台半ばで拮抗《きっこう》している。待機場《たいき》になっている多目的ホールへ行くと、みんな貼《は》りだされた順位表のまえにいた。

「去年のタイムより全体にあがってるね」
中谷がつぶやくように言うと、山《やま》センは笑顔でうなずいた。
「今年は力のあるチームが多いらしい。そのなかで初参加、人数ぎりぎりのチームが四位っていうのはすごいことだって西小のコーチが感心してたんだぞ」

「それ、ほめられてんすか？」

「もちろんじゃないか！　まあ本当はうちの場合、もっとすごいんだけどな。だってチーム作りも練習もみんな子どもたち中心でやってるんだぞ。西小なんてスポーツのアドバイザーだかなんだかにコーチをしてもらってるし、ほかのチームだって担任《たんにん》が指導《しどう》してるじゃないか」

……先生自《みずか》らが、あまり胸《むね》をはって言えることではないような気がする。といっても、それは山センがダメだとかそういうんじゃない。オレたちは子ども主導《しゅどう》で取り組むチャレンジプロジェクトでこれをはじめたわけで、先生があんまり出てくるわけにはいかなかったんだ。

「で、どうするの、二本目」

中谷が口をはさんだ。

「走る」

ひとこと言うと、みんなは顔を見あわせてうなずいた。

二本目は一本目より雰囲気《ふんいき》になれてくるぶん、ヘンな力が抜《ぬ》けてタイムを伸《の》ばしてくる可能性《かのうせい》がある。二本のうちいいほうのタイムが採用されることを考えたら、決勝まで温存《おんぞん》するなんてよゆーこいてる場合じゃない。

走りだせば痛《いた》みなんて忘《わす》れる。そんなことを感じないくらい集中すればいい。

「栗山《くりやま》小、お願いします」

スタッフの人の呼《よ》びかけに、オレたちは二本目に向かった。

悲鳴だったと思う。いや、悲鳴とため息がないまぜになったような声が降《ふ》ってきた。

栗山小の二本目、転倒《てんとう》。

一瞬《いっしゅん》のことだった。ついた足に力が入らず、わずかに上半身の体重が水口《みずぐち》のほうにかかった。それを受け止めようとして水口は足をだすのが遅《おそ》くなり、崩《くず》れた。

転倒した場合はそこからもう一度スタートする。その間も計測器《けいそくき》は止まらない。結果、五六・一六秒。

控《ひか》え室へもどろうと階段《かいだん》をあがりかけたとき、体育館から拍手《はくしゅ》が聞こえた。

「タイム出たのかな」

益子《ますこ》が足を止めてふりかえった。

「長倉小《ながくら》だろ、さっきは十秒後半だったし、まだわかんねーって」

門井《かどい》は益子の肩《かた》に手をのせて階段をあがっていった。

転倒《てんとう》の原因《げんいん》はオレだ。思うように足が動かなかった。床《ゆか》についた足に踏《ふ》んばりがきかず、それをカバーしようとしてバランスを崩《くず》した。だけど、だれもなにも言わなかった。

このままで終わりたくなんてない。もう一度走りたい、けど、走れる自信がない。一番大事なときに、いまここでひっぱっていかなきゃいけないところで足をひっぱっているのは、オレだ。

「すごいことになってる！」

廊下《ろうか》から沢村《さわむら》と木下《きのした》が飛びこんできた。

「二本目、やばいよ」

だよな……。一本目より二本目のほうがタイムはあがる。それはあたりまえのことだ。そこで転倒した。タイムだけの問題じゃない。最後になるかもしれない一本をこんな形で終わらせてしまった。

頑張《がんば》れば、努力をすれば報《むく》われるなんて、そんなことは思ってない。どんなに必死になっても、勝てないことはある。自分たちのベストを出せないこともある。

だけど、やっぱりこんな中途半端《ちゅうとはんぱ》な気持ちのまま、終わりたくない。みんなと別れたくない。

ぎゅっとこぶしを握《にぎ》った。

「やばいって？」

中谷《なかや》が言うと、沢村《さわむら》の口角がわずかにあがった。

「転倒続いてる」

「えっ？」

「うちらのあと、七チーム中完走したの二チーム」

木下《きのした》が声を弾《はず》ませる。

「よっしゃ」

門井《かどい》が口にすると、中谷が「門井」とたしなめた。けど、それがオレたちの今の正直な気持ちだ。他のチームの失敗を喜ぶなんて、かっこういいもんじゃないってことはわかってるけど。

「あーいたいた」

と、あいかわらずテンション高く山《やま》センが入ってきた。

「ほら、氷もらってきたぞ。午後の決勝までには少し時間あるから、しっかりアイシングしてさ」

「でもまだ出られるか決まったわけじゃ」

オレが言うと、山センは「へっ？」と首をかしげて口角をあげた。

「なに言ってんだよ、優勝《ゆうしょう》するんだろ。なら決勝に出なきゃ」

オレたちが顔を見あわせると、山センはグイと胸《むね》をはった。

「先生、運だけはいいんだ。大丈夫、さっきから念を送り続けてるから。どのチームもこけますようにって」

いや、それは……。つーか教育者がそんなことを言っちゃダメだろ。

「それは人前で言わないほうがいいと思います」

中谷《なかや》が言うと、山《やま》センはハハッと笑った。

「やだなー、冗談だよ。先生にそんなすっごい念力なんてあるわけないだろ」

そう言ってやわらかな笑みを浮《う》かべた。

「ただ念じてただけ。もう一回、みんなが走るところを見られるようにって」

「山セン……」

「先生」

「やべ、なんかオレ、山センのことかっこいいとか思っちゃったんだけど」

門井《かどい》がぼそりと言うと、みんながぷっと吹《ふ》きだした。

「決まった！　決勝残った！」

声をうらがえして竹野《たけの》が駆《か》けこんでくると、オレたちは笑ってうなずいた。

「あの、決勝、決まったんだけど」

竹野はひとり、拍子抜《ひょうしぬ》けしたようにぽかんと口を開けている。

「うん、わかってる。てか、わかってた」

オレが言うと、どっと笑いが起きた。

「なに、え、どういう意味？」

「オレたちには山《やま》センがついてるってこと」

「……意味わかんないんだけど」

眉間《みけん》にしわを寄せる竹野に「まあまあ」と言いながら益子《ますこ》が肩《かた》を組んだ。

「よし、ラスト一本！」

「おー！」

みんなの声が控《ひか》え室いっぱいにふくらんだ。


決勝に残ったのは、西小六年、西小五年、第一小、栗山《くりやま》小、松原《まつばら》小の五チームだった。

二本目で松原小が九・二四秒を出して小川小を抜《ぬ》き、決勝に滑《すべ》りこんだ。ちなみに一位通《つう》過《か》した西小六年チームは、二本目で九・三〇秒と精彩《せいさい》を欠き、五年生チームは転倒《てんとう》して、一本目の記録を上回ることはなかった。

決勝ではこれまでの二本のタイムは持ちこされない。一発勝負。これから走る一本のタイムで順位が決まる。

どのチームも毎日練習をして、ここまできてるんだ。オレたちだけが特別じゃない。実力だとか運だとか、そんなことはいま考えても意味がない。どんなに最強のチームだって、ほんのちょっとタイミングがずれればタイムは出ない。転倒《てんとう》の可能性《かのうせい》がないチームなんてない。

ここまできたら、自分たちの30人31脚《きゃく》を走れたチームが勝つ。

足首に手をあてる。アイシングをして少し熱がとれた気がする。

「決勝出場チームは大体育館に集合してくださーい」

廊下《ろうか》からスタッフの人の声がした。

「よし、行こう！」

氷《ひょう》のうをカバンの横に置いて立ちあがったとき、「ちょっと待った」の声がして、門井《かどい》がオレの腕《うで》を握《にぎ》った。

「フォーメーション、かえてみようぜ」

「えっ!?」

「いまさら？」

驚《おどろ》いたような声があちこちであがった。

ふざけてるとしか思えない。

門井をキッとにらんだ。目があう。門井はふざけているわけでもない、あきらめているわけでもない、真っすぐな目をしてオレを見つめかえしてくる。

「サイドはそのままで、かえるのは真ん中だけ。克哉《かつや》のとなりはオレと中谷《なかや》が入ってフォローする」

「右から、林君《はやし》、可南子《かなこ》、水口《みずぐち》さん、門井、克哉、あたし、竹野《たけの》君、益子《ますこ》、すーちゃん。この順番でいきたいと思うんだけど」

中谷がみんなを見た。

「いいよ！　それいいと思う」

水口が声をあげた。それからちょこちょこっと水口は沢村《さわむら》のそばに行くと、手を握《にぎ》った。

「なによ」

沢村が一歩後ずさる。

「頑張《がんば》るから。だから遠慮《えんりょ》しないでひっぱって。わたし、沢村さんにちゃんとついていくから」

「わ、わかってるってば」

「え？」

「……水口《みずぐち》さん、ついてこれるよ」

そう言いながら、沢村《さわむら》は耳を赤くした。

「けど、いきなりなんてムリだろ」

オレが言うと、「蒼井《あおい》君！」と、水口の声がした。

「ムリでもムリしろ！　でしょ」

何度も水口に言ったことばだ。

「それに、ムリなんかじゃないよ。わたしはみんなを信じてる」

門井《かどい》が水口を見ておかしそうに眉《まゆ》をあげた。

「克哉《かつや》より水口のほうがよっぽどオレたちのこと信頼《しんらい》してんじゃねーの」

「んなことねーし」

「ならいいじゃん。オレたちならできる。信じろよ」

「信じてるよ！」

思わず口にすると、中谷《なかや》がニッと笑った。

イチニツイテ、ヨーイ

パン！

スタート音と同時に、松原《まつばら》小のチームが走りだした。

イチニイチニイチニ

かけ声と足音がそろっている。いいリズムだ。二本目に記録を伸《の》ばしてきたチームだけあって勢《いきお》いがある。

ゴールマットに全員が倒《たお》れこんだ。

「二本目よりいいんじゃない？」

オレの横で中谷がささやいた。

「だな」

電光掲示板《でんこうけいじばん》を見つめながら一言かえす。

九・二〇

わーっとスタンドから歓声《かんせい》があがり、ゴールマットのまわりで三十人が抱《だ》きあったり右手を突《つ》きあげたりしている。

どくどくどくと心臓《しんぞう》の音が大きくなる。これだけの歓声のなかにいても、自分の心臓の音がやたらと耳につく。

これって緊張《きんちょう》してるってことだろうか？

入場ゲートのうしろから体育館をぐるりと見渡《みわた》してみる。

決勝には最初から五チームすべてが体育館に入って待機《たいき》している。入口付近から右側へ三チームが壁《かべ》に沿《そ》うようにして座《すわ》り、終わったチームは左側の壁に沿って座る。次に走るチームは入場ゲートのうしろで待機する。

予選四位通過《つうか》のオレたちは二番目、つぎだ。

「九・二〇秒」

中谷《なかや》がつぶやくように言う。

それより速いタイムが出なかったら、その場で優勝《ゆうしょう》はなくなる。

完走できればいい、悔《く》いの残らないようにみんなで走れればいい。そう思う。そう考えたほうがラクになれる。

だけど本当に本気で、そんなことを思っているやつなんて、たぶんいない。少なくともオレたちのチームで。

それならやるしかないだろ。

全員で走るラストラン。

最後は、思いだ。

全員の思いの強いチームが勝つ。

「目指すのは九・二〇秒じゃねーって」

オレが言うと、中谷がオレを見た。

「オレたちが目指してんのは八秒台、だろ」

門井《かどい》がクッと笑った。

「だよな。克哉《かつや》、オレと中谷でおまえのことひっぱってやる。足が痛かろうがなんだろうと手加減《てかげん》しないで走るからな」

あたりまえ、あたりまえだ。そうしてくれるとわかってるから、信用しているから、オレは言えるんだ。八秒台。一度も出したことのないとんでもないタイム。オレはケガをしているし、フォーメーションも土壇場《どたんば》になってかえた一発勝負。それでもやってみたい。もしかしたらと、本気で思える。それは九月からの毎日があったからだ。

一人ひとりの一歩が積み重なっての30人31脚《きゃく》。

「円陣《えんじん》組もう」

中谷《なかや》の声にみんなが小さく輪《わ》を作った。自然と肩《かた》を組む。

「克哉《かつや》ほらなんか言えよ」

益子《ますこ》がオレのほうを見た。

「オレ?」

「あたりまえでしょ、キャプテンなんだから」

中谷がはやくしろというふうにからだをゆらした。

「えっと」

ぐるっとみんなの顔を見た。

「五十メートル向こうで、ぜってー笑おう」

スーッと息を吸《す》って声をはった。

「栗山《くりやま》小六年一組、ファイトー！」

「おー！」

「おー！」

「おー！」

円陣《えんじん》がずんと一度沈《しず》み、大きくふくれた。

チーム名がアナウンスされる。

「栗山小学校、行ってください」

スタッフの女の人が、入場ゲートのかげで手をパタパタと動かした。

「よーし、いくぞ！」

「おー！」

先頭が出ていくと、二階スタンドの一角から、ひときわ大きな歓声《かんせい》があがった。

一列になってスタートラインまでゆっくり走りながら声のほうを見ると、『アドバルーン』の大垣《おおがき》さんが校長先生と並《なら》んで手をふっている。その数人向こうに、とうさんと中谷《なかや》んちのおばさんとおじさんが並んで大きな口を開けて声援《せいえん》を送っている。

このスリーショットも見納《みおさ》めだ。運動会でも学芸会でも、いつもとうさんたちは三人並んで見ていた。一年生の運動会までは、あそこに、かあさんもいた。

「最後なんだから、手くらいふんなよ」

中谷に背中《せなか》をこづかれたけど、そんなはずかしいことできるかっての。

ひっきりなしに続く声援のなか、スタートラインに一列に並ぶ。五十メートルさきにあるゴールラインをにらみつける。足ひもを巻《ま》き、右手を門井《かどい》の肩《かた》に、左手を中谷の腰《こし》に回した。

どくっ、どくっ、どくっ

心臓《しんぞう》が大きく跳《は》ねる。

「克哉《かつや》」

中谷の声に顔を向けると、目があった。中谷は目があうとわずかに口を開いて、そのまま笑ってうなずいた。

大丈夫、大丈夫、オレたちは最後まで走り抜《ぬ》ける。

スターターの右手があがる。

すーっと歓声《かんせい》がやむ。

一瞬《いっしゅん》の静寂《せいじゃく》。

肩《かた》を組んでいる門井の呼吸《こきゅう》も中谷の息遣《いきづか》いも聞こえない。心臓《しんぞう》の鼓動《こどう》だけ、からだのなかに響《ひび》いている。

「イチニツイテ」

ザッ！

片足を下げる。

「ヨーイ」

重心を下げる。

ぴたりと動きがとまる。

パン！

スタート音と同時にぐんと前へ出る。

「イチニイサンシゴーロクシチハチ」

かけ声にあわせて前へ前へと伸《の》びていく。

いつもよりわずかに歩幅《ほはば》がひろい。

速い、速い、速い、スピードにのる。

見なくてもわかる、感じる、列が真っすぐにそろっている。

足があがる、床《ゆか》をとらえ、押《お》しだす。


ああ、すげー気持ちがいい。


ゴールラインをとらえ、越《こ》えた。

走っているのに、耳元で強く風音が鳴っているのに、ゴールに飛びこむ瞬間《しゅんかん》、スローモーションのように感じた。

バフッ！

終わった、走った、走り抜《ぬ》いた。

「克哉《かつや》、タイム！」

中谷《なかや》が足ひもをとってゴールマットから立ちあがった。

「栗山《くりやま》小六年一組のタイムは」

電光掲示板《でんこうけいじばん》が動きだすと同時にアナウンスも流れる。

「ハチテンキュウキュウ」

えっ……、いまなんて？

目を細めて電光掲示板に出た数字を凝視《ぎょうし》する。

八・九九
ゴールマットから立ちあがる。

「八・九九……」

口のなかでつぶやく。

スタンドから「わー」とも、「おー」とも聞こえる歓声《かんせい》があがった。

「でた」

「やった、やったー」

門井《かどい》と中谷《なかや》が抱《だ》きついてきた。そのうしろからみんなが声をあげて飛びついてきた。

背中《せなか》をだれかにバシバシ叩《たた》かれながら、足いてーよって思いながら、もみくちゃになりながら、オレは奥歯《おくば》を噛《か》みしめて天井を見あげた。

「栗山《くりやま》小のみなさん、コースから出て喜んでください」

マイクを通したアナウンスに、スタンド席からどっと笑い声があがった。

「整列！」

あわてて言うと、みんなぱっと一列に並《なら》んだ。

「ありがとうございました」

オレのあいさつに続いて、「ありがとうございました！」の声がそろった。

笑いのまじった拍手《はくしゅ》と歓声《かんせい》に送られてコースを出た。

◆

「じゃあよろしくお願いします」

「それではお預《あず》かりします」

ぶるん、とエンジン音がして、ゆっくりと荷物を積んだトラックが動きだした。とうさんはオレの肩《かた》に手をのせたまま、トラックが角を曲がるまで見送ると「行こうか」と地面に置いていたボストンバッグを持ちあげた。一度マンションを見あげて、それから中谷の家のほうを見て顔を動かした。

バイバイ、オレんち。

じゃあな、中谷。

ふーっと小さく息をついてスポーツバッグを肩にかけた。

ぴょこんぴょこんと右足をかばうように歩きだすと、とうさんが「ん」とスポーツバッグに手を伸《の》ばした。

「いいよ、軽いし」

「いいから」

バッグを渡《わた》すと、とうさんは笑ってうなずいた。

「でもその足でよく走れたな」

「え、ああ、昨日で悪化したんだと思う」

オレが言うととうさんは苦笑した。

「まあ、ムリしてでもやらなきゃいけないことって、あるもんな」

ちりん、と自転車のベルを鳴らして、オレたちの横を少年野球チームのユニフォームを着たチビたちが通りすぎていく。

「……ていうか、オレがやりたかったんだけどさ」

「そうか」

「うん」


優勝《ゆうしょう》は、できなかった。

西小六年チームが決勝で八・九八秒を出して二年連続で優勝した。

悔《くや》しくない、なんて言えたらかっこいいのかもしれないけど、オレもみんなもめちゃくちゃ悔しがった。だけど、やらなければよかったとは一ミリも思わなかった。

決勝での一本は、オレたちにとって間違《まちが》いなく最高の一本だった。たぶん、力以上の走りをあのときのオレたちはした。それができたのは、オレたちが一人ひとり互いに信頼しあえたからだと思う。

ちょっとくさいかな……、でも、くさかろうとなんだろうとしかたがない。

支《ささ》えているつもりが、気がついたら支えられていたり、支えられているはずだったのに、いつのまにかだれかを支えていたり。そういうことをオレたちは何度も何度もくりかえしてきた。だから、賭《か》けみたいな奇跡《きせき》の一本をオレたちは走ることができた。

記録には残らない。でも、オレたちはたぶん、きっと忘れないと思う。

上り線のホームに立つ。線路の向こうは栗林になっている。いまは枝《えだ》に枯葉《かれは》を残しているだけで、見ていると寒々しい。

思わずダウンコートのなかに首を縮めたとき、名前を呼《よ》ばれた。

顔をあげると、跨線橋《こせんきょう》に門井《かどい》たちがいた。

「克哉《かつや》ー」

「克哉ー」

「蒼井《あおい》くーん」

だから、こういうのは嫌《いや》だって……。中谷《なかや》にも見送らないでくれって頼《たの》んだのに。

顔をそらすと肩《かた》をポンと叩《たた》かれた。

「克哉」

とうさんはそれ以上なにも言わなかった。

「克哉ー」

「蒼井くーん」

「蒼井くーん」

「克哉！　こっち向けー」

中谷の声にふりかえると、跨線橋《こせんきょう》からみんながなにかをふっている。

ひらひらひらひら、ゆれる。

あれって……。

ポケットから手を出した。握《にぎ》った手のひらをひろげて、ふっと笑った。

「克哉ー」

「あそびに来いよー」

「蒼井くーん、元気でねー」

「蒼井君、蒼井くーん」

「おーい、おーい」

「またバスケしよーぜー」

跨線橋《こせんきょう》から足ひもをふりながら、みんな口々に言っている。

駅員やホームにいる乗客がオレと跨線橋を交互《こうご》に見て、にやにやしている。

笑われてんなぁ。でも、いいか。

すーっと端《はし》から端までみんなの顔を見る。

みんな、絶対に忘れないから。忘れるわけなんてないけどさ。

カンカンカンカン
カンカンカンカンカン

踏切《ふみきり》から遮断機《しゃだんき》が下りる音がする。

電車がホームに滑《すべ》りこんでくる。

ドアが開く。

とうさんがふりかえった。

「克哉《かつや》」

「うん」

電車に足を向けて顔をあげた。

握《にぎ》っていたひもをたらして大きくふった。

発車のベルが鳴る。

「またなー!!」

電車に飛びのった。

じゃあなじゃなくて、またな。

別れるのはこわい。さみしさも不安もある。でも、それでも、ふみ出すんだ。オレたちの、それぞれの一歩を。

目に見えなくても、触《ふ》れることはできなくても、かならずどこかでつながっている。ちゃんとここにあるから。

足ひもを握《にぎ》った手をそっと胸《むね》にあてた。

ここに、ちゃんと。

ごとん、と電車が動きだした。

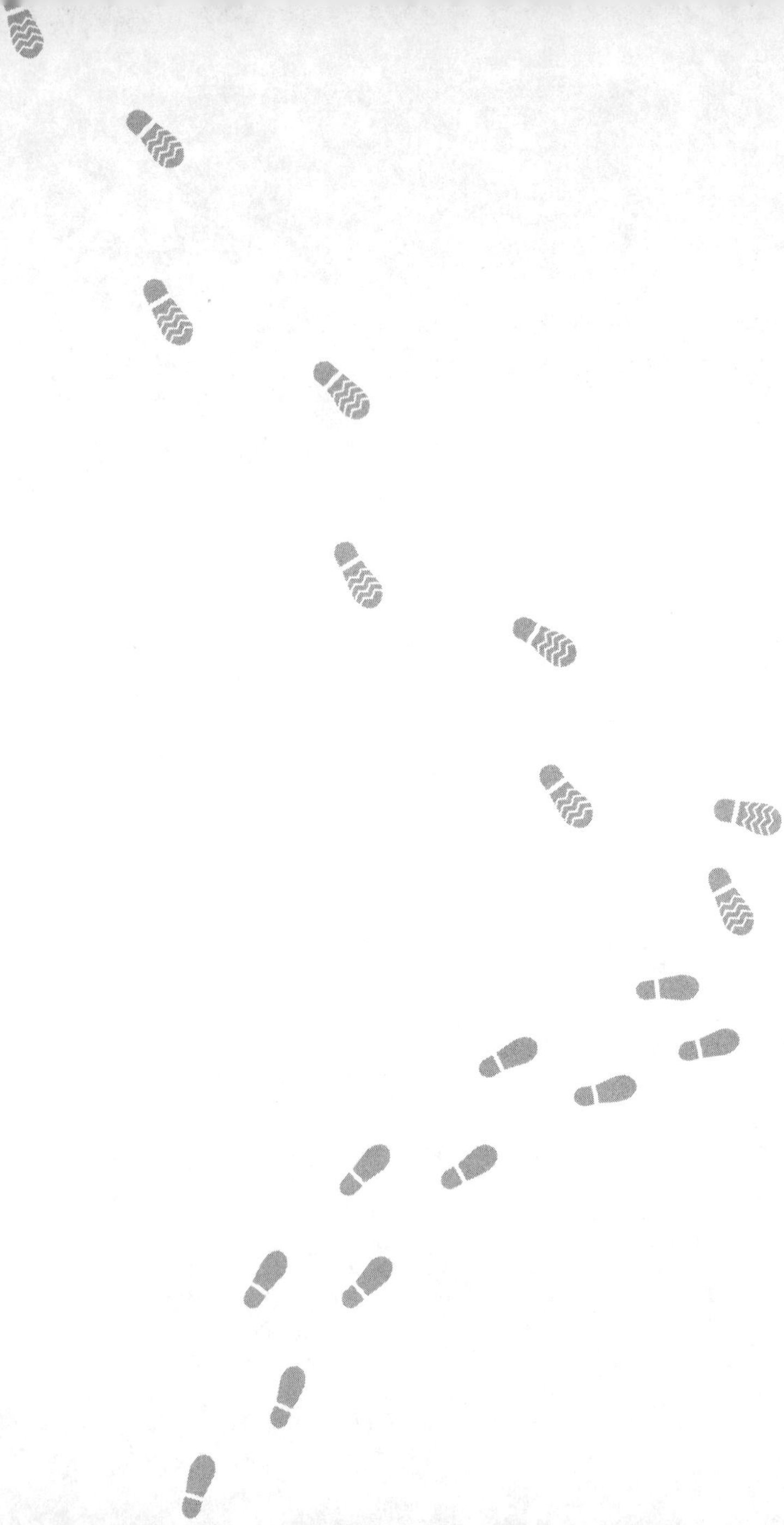

いとうみく

神奈川県生まれ。『糸子の体重計』(童心社)で日本児童文学者協会新人賞、『空へ』(小峰書店)で日本児童文芸家協会賞を受賞。主な作品に、『かあちゃん取扱説明書』(童心社)、『二日月』(そうえん社)、「車夫」シリーズ(小峰書店)、『ひいな』(小学館)、『カーネーション』(くもん出版)などがある。全国児童文学同人誌連絡会「季節風」同人。

イシヤマアズサ

大阪府生まれ。イラストレーター、漫画家。
主な著作に、『真夜中ごはん』『つまみぐい弁当』(共に宙出版)、『なつかしごはん 大阪ワンダーランド商店街』KADOKAWA)、『くいしんぼうの こぶたの グーグー』(作／得田之久・教育画劇)などがある。

取材協力　**村松治実**

ぼくらの一歩 30人31脚

2018年10月10日　初版発行
2019年７月25日　第６刷

作　いとうみく
絵　イシヤマアズサ
発行人　田辺直正
編集人　山口郁子
編集担当　末松由
発行所　アリス館
〒112-0002　東京都文京区小石川5-5-5
電話03-5976-7011
FAX03-3944-1228
http://www.alicekan.com
印刷所　株式会社光陽メディア
製本所　株式会社難波製本

ISBN978-4-7520-0854-5　NDC913 264p 20cm
落丁・乱丁本はおとりかえいたします。
定価はカバーに表示してあります。